® хермес

ХОРХЕ БУКАЙ

ИЗЛЯЗЛА ОТ ПЕЧАТ:

Нека ти разкажа...

ОЧАКВАЙТЕ:

Приказки за размисъл

Хорхе Букай

Нека ти разкажа

Превод от испански
Екатерина Делева

ИЗДАТЕЛСКА КЪЩА „ХЕРМЕС“

Jorge Bucay
Оригинално заглавие: DEJAME QUE TE CUENTE...

c/o Representaciones Literarias, S.L.
c/o UnderCover Literary Agents – Köln

ISBN 978-954-26-0618-5

На дъщеря ми Клаудия

Съдържание

ПРЕДГОВОР

В Буенос Айрес беше слънчево декемврийско пладне и аз имах среща с Хорхе. С моя приятел Хорхе. Щяхме да хапнем заедно, както често правехме. Но това не беше обикновена среща: този път трябваше да се срещнем, за да се сбогуваме.

От доста време пътувах редовно до Испания, за да уредя някои проблеми през почивните дни, но накрая се влюбих в Гранада и реших да се установя там – поне докато бях влюбена. И заради тази любов ние трябваше да се сбогуваме, разговаряйки и хапвайки китайска храна.

Обядвахме, поговорихме, пихме кафе... и продължихме да говорим. Повървяхме и хапнахме сладолед. А после пак тръгнахме, разговаряйки.

Привечер най-сетне се прегърнахме силно и си казахме „до скоро“.

Носех в себе си *Писма до Клаудия*, първата книга на Хорхе, която и до днес държа, поомачкана от препрочитане, на масичката в кабинета си. С нея сякаш отнесох частица от автора.

Извървеният заедно път и безбройните часове съвместна работа останаха зад нас. Мина време (две години?) и като отворих кабинет в Гранада, един ден писах на Хорхе: беше ми хрумнало да го поканя да поработи с мен някой уикенд. Отговорът не закъсня – едно огромно и безрезервно „да“, като самия Хорхе. Оттогава доктор Хорхе Букай идва един-два пъти в годината и ми доставя удоволствието да работи с мен.

При тези пътувания моите пациенти също се запознаха с него, първо с него, а после и с книгите му... По моя молба един ден Хорхе донесе в куфара си няколко екземпляра от *Равносметки за Демиан*, книгата, която сега се издава в Испания под заглавие *Нека ти разкажа...* Тези няколко книги бяха разграбени от пациентите и приятелите ми. Всеки, който ги прочетеше, ги даваше на приятелите си, а те пък на своите приятели... и така започнаха непрекъснато да ме питат къде и как могат да намерят книгите му. Тогава споменах на Хорхе, че е време да ги издаде и тук.

Това е предисторията на появата му в Испания и на книгата, която държите в ръце. Всички разговори и приказки в нея са ценни и прекрасни. В една от тези, които обичам най-много – „Крилете са, за да летиш", бащата казва: „За да полетиш, ти е нужно пространство да размахаш криле... за да полетиш, трябва да си готов да рискуваш".

Хорхе умее да създава необходимото пространство, умее и да поема рискове, а на всичко отгоре има прекрасни, огромни криле.

Хулия Атанасопуло
Гранада

ОКОВАНИЯТ СЛОН

– Не мога – казах му. – Не мога!

– Сигурен ли си? – попита ме той.

– Да, толкова бих искал да седна с нея и да ѝ кажа какво чувствам... Но знам, че не мога.

Дебелия седна като Буда в едно от ужасните сини кресла в кабинета си. Усмихна се, погледна ме в очите и снижавайки глас, както винаги, когато искаше да го слушат внимателно, ми каза:

– Нека ти разкажа...

И без да чака отговор, започна да разказва.

Като малък бях влюбен в цирка и най-много от всичко обичах животните. Особено слона, който беше любимо животно и на други деца, както разбрах по-късно. На всяко представление той демонстрираше невероятното си тегло, ръста и силата си... Но след номера и дори малко преди да излезе на арената, стоеше все вързан за едно колче, забито в земята, със закачена на крака му верига.

А колът беше само парченце дърво, забито едва няколко сантиметра в земята. И въпреки дебелата и здрава верига, ми беше съвсем ясно, че едно толкова силно животно, способно да изтръгне цяло дърво от корен, би могло много лесно да се освободи от кола и да избяга.

Тук явно има някаква загадка.

Какво го спира тогава?

Защо не бяга?

Когато бях на шест-седем години, още вярвах, че възрастните са много умни. И попитах един учител, един отец и един мой чичо за загадката на слона. Някой от тях ми обясни, че слонът не бягал, защото бил дресиран.

Тогава зададох съвсем ясно въпроса: „Щом е дресиран, защо го оковават?".

Не си спомням да съм получил някакъв смислен отговор. С времето забравих за слона и за колчето и си спомнях за него само когато срещах други хора, които си бяха задавали този въпрос.

Преди години разбрах, че за щастие се е намерил достатъчно умен човек, който е открил отговора:

Слонът от цирка не бяга, защото е бил вързан за такъв кол още много, много малък.

Затворих очи и си представих беззащитното новородено слонче, вързано за кола. Сигурен съм, че тогава малкото слонче се е дърпало, блъскало и напъвало, мъчейки се да се освободи. Но въпреки всички усилия, не е успяло, защото онзи кол е бил твърде здрав за него.

Представих си как е заспивало изтощено и как на другия ден отново се е мъчело, на следващия и на по-следващия също... Докато един ден, един ужасен за него ден, животното е повярвало в своето безсилие и се е примирило с участта си.

Огромният силен слон, който виждаме в цирка, не бяга, защото си мисли, горкият, че не може.

Споменът за поражението, преживяно малко след раждането му, го е белязал завинаги.

Но най-лошото е, че той никога не дръзва да постави под съмнение този спомен.

Никога, никога не дръзва да изпробва отново силата си...

– Така е, Демиан. Всички ние сме донякъде като слона в цирка: крачим по света, привързани към стотици колове, които ни отнемат свободата.

Живеем с мисълта, че „не можем" да направим куп неща, просто защото някога, преди много време, като малки, сме опитали и не сме успели.

Така ставаме като слона и си набиваме в главата: „Не мога, не мога и никога няма да мога".

Растем с тази мисъл, която сами сме си внушили, и затова никога повече не се опитваме да се освободим от кола.

Понякога, като усетим оковите и веригите задрънчат, поглеждаме под око колчето и си мислим:

НЕ МОГА И НИКОГА НЯМА ДА МОГА.

Хорхе направи дълга пауза. После се приближи, седна на пода пред мен и продължи:

– Това става и с теб, Деми. Живееш, обвързан със спомена за един Демиан, който не е успял и който вече не съществува.

Единственият начин да разбереш дали можеш да постигнеш нещо, е да опиташ пак, влагайки цялата си душа... Цялата си душа!

ПОД ОБЩ ЗНАМЕНАТЕЛ

Когато отидох за пръв път в кабинета на Хорхе, вече знаех, че няма да се срещна с обикновен психоаналитик. Клаудия, която ми го бе препоръчала, ме предупреди, че *Дебелия*, както го наричаше тя, бил „малко особен" (*sic*)*.

Беше ми дошло до гуша от традиционните терапии и най-вече да лежа месеци наред на дивана на някой психоаналитик. Затова звъннах и си записах час.

Първото ми впечатление надхвърли всички очаквания. Беше горещ ноемврийски** следобед. Бях отишъл пет минути по-рано и изчаках пред входа на сградата.

Натиснах звънеца точно в четири и половина. Електронната ключалка изщрака, отворих вратата и се качих до деветия етаж.

Зачаках в коридора.

Чаках.

И още!

И като ми писна да чакам, позвъних на вратата на апартамента.

Отвори ми мъж, който на пръв поглед сякаш беше облечен за пикник: носеше дънки, маратонки и ярка оранжева фланелка.

– Здравей – каза той. Усмивката му, признавам си, ме успокои.

---

*Точен цитат (лат.). – Б. пр.

**В Аржентина, където се развива действието в разказа, пролетта започва през септември и свършва през ноември. – Б. изд.

– Здрасти – отвърнах. – Аз съм Демиан.

– Да, разбира се. Какво стана? Защо се забави толкова? Заблуди ли се?

– Не, не съм се забавил. Не исках да звъня, за да не попреча, ако имате пациент...

– „Да не попреча“? – имитира ме той, клатейки притеснено глава... И сякаш говореше на себе си, продължи: – Сигурно всичко ти върви така...

Занемях.

Това беше второто нещо, което ми казваше, и без съмнение имаше право, но...

Какъв гадняр!

Мястото, където Хорхе приемаше пациентите си и което не бих нарекъл „кабинет“, приличаше на него: неугледно, неподредено, разхвърляно, топло, колоритно, странно и... защо да не призная, малко мръсно. Седнахме на два фотьойла, един срещу друг, и докато му разказвах някои неща, Хорхе пиеше мате. Да, пиеше мате по време на сеанса!

Предложи и на мен.

– Ами... – отвърнах аз.

– Ами какво?

– Ами за матето...

– Не разбирам.

– Ами ще пия едно мате.

Хорхе ми се поклони раболепно и подигравателно и каза:

– Благодаря, ваше величество, че приехте поканата ми за мате... Защо не кажеш дали искаш мате, или не искаш, вместо да проявяваш снизходителност?

Този човек щеше да ме подлуди.

– Да! – отвърнах аз.

И едва тогава *Дебелия* ми сипа мате.

Реших да остана още малко.

Освен всичко друго, казах му и че сигурно нещо в мен не е наред, защото изпитвах трудности в общуването си с другите.

Хорхе ме попита откъде знам, че проблемът е в мен.

Отвърнах му, че вкъщи не се разбирам с баща си, с майка си, с брат си, с приятелката си... И следователно, явно проблемът трябва да е в мен. Тогава Хорхе за пръв път ми разказа „нещо“.

Така с времето щях да разбера, че *Дебелия* обича приказките, притчите, разказите, умните заключения и метафорите, до които стигаше. Според него единственият начин да разбере нещо, без да го е преживял лично, е да добие ясна вътрешна, символична представа за случилото се.

– Една притча, някой разказ или виц – твърдеше Хорхе – ще се запомнят много по-добре от хиляди теоретични обяснения, психоаналитични интерпретации или формални постановки.

Същия ден Хорхе ми каза, че в мен нещо можело и да куца, но добави, че този извод бил опасен, защото самокритичното ми мнение не било подкрепено от съответните факти. И тогава ми разказа една от онези истории, които разказваше в първо лице, но за които не се знаеше дали е преживял лично, или са плод на фантазията му:

Дядо ми доста си пийваше.
Най-много обичаше турската мастика.
Пиеше я с вода, за да я разреди,
но се напиваше.
Тогава пиеше уиски с вода, но пак се напиваше.
Пиеше и вино с вода, и също се напиваше.
И един ден реши да се поправи...
отказа се... от водата!

ГЪРДАТА ИЛИ МЛЯКОТО

Хорхе не разказваше приказки на всеки сеанс, но странното е, че помня почти всички истории, които ми разказа за година и половина терапия при него. И може би имаше право, като твърдеше, че това е най-добрият начин за провеждане на курса.

Спомням си деня, в който му казах, че се чувствам много зависим. Споделих колко се дразня и в същото време не мога без това, което ми дава на всеки сеанс. Имах чувството, че заради възхищението и обичта, които изпитвах към него, бях станал прекалено зависим от неговия поглед за нещата и се бях пристрастил твърде много към терапията.

Жаден си да знаеш,
жаден да растеш,
жаден да осмислиш всичко
и да полетиш...
И днес може би
аз съм гърда,
от която пиеш мляко
и засищаш глада...
Чудесно е, че днес
желаеш тази гърда.
Но не забравяй:
утолява жаждата ти не тя...
А млякото!

ТУХЛАТА БУМЕРАНГ

Този ден бях много изнервен. Нямах настроение и всичко ме дразнеше. На сеанса започнах да хленча и почти нищо не се получаваше. Мразех всичко, което правех, и всичко, което имах. Но най-много ме беше яд на себе си. И както в един разказ на Папини*, който Хорхе ми прочете, този ден чувствах, че не понасям „самия себе си“.

– Аз съм глупак – възкликнах (или си казах наум). – Ужасен кретен... Мисля, че се мразя.

– Мрази те половината от присъстващите в този кабинет. А другата половина ще ти разкаже една притча.

Имало някога един човек, който ходел навсякъде с тухла в ръка. С тази тухла си бил наумил да удря всеки, който го подразни и ядоса. Методът бил малко допотопен, но като че ли вършел работа, а?

Веднъж срещнал един приятел, доста влиятелен човек, който му наговорил куп обидни неща. Мъжът изпълнил решението си, грабнал тухлата и я запратил по него.

Не си спомням дали го улучил или не. Но работата е там, че след туй го домързяло да отиде да търси тухлата. И решил да усъвършенства то-

---

*Джовани Папини (1881–1956 г.), италиански писател, биограф и есеист. – Б. пр.

зи „Метод за самозащита с тухла“, както го наричал. Завързал тухлата с връв, дълга един метър, и тръгнал по улицата. Така тя нямало да пада никога твърде далеч от него. Но скоро разбрал, че и новият метод си има своите недостатъци: от една страна, човекът, към когото насочвал гнева си, трябвало да се намира на по-малко от метър разстояние, а от друга, след като хвърли тухлата, трябвало да си прави труда да прибира връвта, която на всичко отгоре често се оплитала и замотавала и съответно му създавала трудности.

Тогава мъжът измислил „Метод с тухла III“. Главната роля била отредена отново на тухлата, но при тази система вместо връв, имало пружина. „Сега мога да хвърлям тухлата по няколко пъти и тя ще се връща сама“, помислил си мъжът.

Щом излязъл на улицата и се почувствал застрашен, запратил тухлата. Но не успял да улучи целта, защото, когато пружината се опънала докрай, тухлата полетяла обратно и го ударила право по главата.

Опитал отново и тухлата пак го ударила, защото не преценил добре разстоянието.

Трети удар получил, защото не я хвърлил в подходящия момент.

Четвъртият бил по-особен, защото, като решил да запрати тухлата по виновника, тутакси му се приискало и да го предпази от удара – и тухлата тупнала пак на неговата глава.

Излязла му огромна цицина...

Не се знае защо не успял да улучи никого – дали заради ударите, които получил, или заради някакво душевно разстройство.

Всички удари застигали все самия него.

– Този механизъм се нарича ретрофлексия: означава главно стремеж да предпазим околните от собствената си агресивност. Всеки път, когато отправяме агресията и враждебната си енергия към някого, преди да го достигне, тя спира пред една бариера, която издигаме самите ние. Тази бариера не поема удара, а само го отразява. И целият яд, раздразнението и враждебността се обръщат към самите нас чрез проявите на явна самоагресия (самобичуване, пристъпи на лакомия, дрога, неоправдани рискове) или чрез скрити емоции и чувства (депресия, чувство за вина, соматизация).

Възможно е някое утопично, „просветлено" човешко същество, трезво и уравновесено, никога да не се сърди. Би било много добре и за нас изобщо да не се ядосваме, но все пак единственият начин да се освободим от гнева, яда и отвращението, когато ги изпитаме, е да им дадем воля, превръщайки ги в действие. В противен случай единственото, което постигаме рано или късно, е да се сърдим на самите себе си.

ИСТИНСКАТА СТОЙНОСТ НА ПРЪСТЕНА

Говорехме си за нуждата на всеки от преценката и признанието на околните. Хорхе ми беше обяснил теорията на Маслоу* за нарастващите нужди.

Всички имаме необходимост от вниманието и уважението на другите, за да изградим собственото си самоуважение. По онова време се оплаквах, че ми липсва пълното разбиране на родителите ми, че не съм любимец на приятелите си, че не успявам да получа признание в работата си.

– Има една стара история – каза ми *Дебелия*, подавайки ми матето да направя чая – за един младеж, който отишъл при мъдреца да търси помощ. Твоят проблем ми прилича на неговия.

– Учителю, идвам при теб, защото се чувствам толкова жалък, че нямам желание за нищо. Казват ми, че за нищо не ме бива, че нищо не върша като хората, че съм непохватен и много тъп. Как да се поправя? Какво да сторя, че да ме ценят повече?

Без да го поглежда, учителят му рекъл:

– Съжалявам много, момко. Не мога да ти помогна, защото първо трябва да разреша един личен въпрос. Може би след това... – И след кратка

---

*Ейбрахам Маслоу (1908–1970 г.), американски психолог от руски произход, дефинирал теорията за мотивацията и личността и йерархията на човешките потребности. – Б. пр.

пауза добавил: – Но ако склониш да ми помогнеш, ще се справя по-бързо с него и после може и да ти помогна.

– О... колко се радвам, учителю – измънкал момъкът, разбирайки, че отново го подценяват и пренебрегват.

– Добре – продължил учителят. Свалил пръстена от кутрето на лявата си ръка и като го подал на момчето, му рекъл: – Яхни коня, който е навън, и иди на пазара. Продай този пръстен, защото трябва да изплатя един дълг. Постарай се да получиш възможно най-високата цена и да не скланяш на по-малко от една златна монета. Тръгвай и се върни по-бързо с жълтицата.

Момъкът взел пръстена и тръгнал. Щом стигнал до пазара, започнал да предлага пръстена на търговците, които го поглеждали с известен интерес, докато не споменял цената, която иска.

Отворел ли дума за златната монета, едни му се присмивали, други му обръщали гръб и само един старец си направил труда любезно да му обясни, че една златна монета е твърде голяма цена за този пръстен. Някой се смилил над него и му предложил сребърна монета и медна съдинка, но заръката била да не скланя на по-малко от жълтица и момъкът отказал.

Като предложил пръстена на всички, които срещнал на пазара, а това били повече от сто души, отчаян от неуспеха, той яхнал коня и се върнал при учителя.

Колко би искал момъкът да има една златна монета и да я даде на учителя, за да се отърве той от дълга си и най-сетне да го посъветва и да му помогне.

Влязъл при стареца.

– Учителю – рекъл, – съжалявам. Това, което ми заръча, е невъзможно. Сигурно щях да получа две-три сребърни монети, но не мисля, че можех да заблудя някого за истинската стойност на пръстена.

– Това, което каза, е много важно, млади приятелю – усмихнат, отвърнал учителят. – Първо трябва да узнаем истинската стойност на пръстена. Яхай пак коня и върви при бижутера. Че кой ще знае по-добре от него? Кажи му, че искаш да го продадеш, и питай колко ще ти даде за него. Но каквото и да ти предложи, не го продавай. Върни се тук.

Момъкът отново яхнал коня.

Бижутерът погледнал пръстена под светлината на масленичето, разгледал го под лупа, претеглил го и после казал на момчето:

– Момко, кажи на учителя, че ако иска да продаде пръстена още сега, не мога да му дам повече от петдесет и осем златни монети за него.

– Петдесет и осем монети ли? – възкликнал момъкът.

– Да – отвърнал бижутерът. – Знам, че след време може да вземе към седемдесет монети, но ако го продава спешно...

Момъкът се развълнувал и препуснал към дома на учителя да му каже новината.

– Седни – рекъл му той, като го изслушал. – Ти си като този пръстен: рядък и скъп накит. И като него, можеш да бъдеш оценен само от истинския познавач. Защо си тръгнал да искаш от всеки да види истинската ти стойност?

И като казал това, сложил отново пръстена на кутрето на лявата си ръка.

ЦАРЯТ, КОЙТО СТРАДАЛ ОТ ЦИКЛОТИМИЯ*

Щом започнах да говоря, усетих колко съм припрян. Чувствах се превъзбуден. Като споделях с Хорхе, постепенно осмислях всичко, което бях направил през седмицата.

Както и друг път, се чувствах като победител и Супермен, като човек, влюбен в живота. Изброявах на *Дебелия* какво мисля да правя през следващите дни, изпълнен със сила и енергия.

Дебелия се усмихна весело и някак съучастнически.

Както винаги, имах чувството, че този човек преживява с мен всичките ми настроения, каквито и да са те. Да споделиш радостта си с Хорхе е още една причина да се чувстваш щастлив. Всичко беше наред и аз продължих да кроя планове. И два живота нямаше да ми стигнат, за да направя всичко, което смятах да предприема.

– Да ти разкажа ли една приказка? – попита ме той.

Признавам, че ми беше доста трудно да млъкна, но го направих.

Имало някога един могъщ цар, който управлявал в далечна страна. Бил добър владетел, но имал един проблем: в него сякаш живеели две личности.

Понякога се събуждал възторжен, ликуващ и щастлив.

---

*Лека форма на маниакална депресия, при която се редуват състояния на психическа възбуда и на понижено настроение. – Б. пр.

И тези дни били прекрасни още от сутринта. Градините на двореца изглеждали по-красиви. Слугите ставали като по чудо любезни и усърдни.

На закуска му се струвало, че в царството му се добива най-доброто брашно и се берат най-хубавите плодове.

В такива дни царят намалявал данъците, раздавал богатства, правел добрини и законотворствал за мира и за благото на старите хора, изпълнявал всички молби на поданиците и приятелите си.

Но имало и други дни.

Черни дни. Сутрин се събуждал и се чудел дали да не поспи още малко. Но когато осъзнавал, че му се иска, било вече твърде късно, защото съвсем се разсънвал.

Колкото и да се мъчел, не можел да разбере защо слугите му са начумерени и дори не го обслужват добре. Слънцето му пречело повече и от дъжда. Храната била гореща, а кафето – твърде студено. При мисълта, че трябва да приеме някого в кабинета си, го заболявала глава.

В такива дни царят се сещал за задълженията, които е поемал преди, и го обземал страх, като се замислял как ще ги изпълни. Тогава повишавал данъците, конфискувал земи, хвърлял в затвора противниците си...

Със страх от настоящето и бъдещето, с натрапчивата мисъл за грешките, допуснати в миналото, той законотворствал против своя народ и думата, която изричал най-често, била „не“.

Съзнавайки трудностите, които му създавали тези промени в настроението, царят свикал всички мъдреци, вълшебници и съветници в царството при себе си.

– Господа – рекъл им той. – Всички знаете за промените в настроението ми. Всички сте имали полза от въодушевлението ми и сте патили от гнева ми. Но най-много от всички страдам самият аз, защото всеки ден трябва да руша това, което съм направил преди, когато съм виждал нещата по друг начин. Вие, господа, трябва да се потрудите заедно и да откриете някакъв лек, било то отвара или заклинание, който ще ми помогне да не бъда толкова безразсъден оптимист, че да не съзнавам поетите рискове, и такъв невероятен песимист, че да потискам и наранявам тези, които обичам.

Мъдреците приели това предизвикателство и посветили няколко седмици само на царския проблем. Но не открили лек за страданието му нито в алхимията, нито във вълшебствата, нито в билките.

Накрая съветниците се явили пред него и признали своя провал.

Същата нощ царят плакал.

На другата сутрин при него пожелал да се яви някакъв чуждоземец. Това бил странен тъмнокож мъж, облечен в дрипава, някога бяла туника.

– Царю честити – рекъл мъжът, покланяйки се. – Там, където живея, се говори за болката и за мъката ти. Аз дойдох да ти предложа лек.

И свеждайки глава, подал на царя една кожена кутийка.

Изненадан, но и обнадежден, царят отворил кутийката и погледнал вътре. Там имало само един посребрен пръстен.

– Благодаря – казал царят, въодушевен. – Това вълшебен пръстен ли е?

– Наистина е такъв – отвърнал странникът, – но магическата му сила не действа просто като го носиш на пръста... Всяка сутрин, щом станеш от сън, трябва да четеш надписа върху него и да се сещаш за тези думи винаги, когато го погледнеш.

Царят взел пръстена и прочел на глас:

„Знай, че и това ще мине“.

ЖАБКИ В КАЙМАКА

Беше по време на изпити. Бях преминал два заключителни и един текущ. Следващият ми изпит беше след седмица и имах много за учене.

– Няма да смогна – казах на Хорхе. – Излишно е да си хабя силите за тоя, дето духа. Мисля, че е най-добре да се явя, пък колкото съм научил, толкова. Така поне, ако ме скъсат, няма да се тюхкам, че съм учил цяла седмица.

– Знаеш ли приказката за двете жабки? – попита ме *Дебелия*.

Имало някога две жаби, които паднали в един съд с каймак.

Жабите тутакси разбрали, че ще потънат: нямало как да изплуват или да се задържат дълго на повърхността на този каймак, гъст като плаващи пясъци. В началото двете жаби заритали в каймака, мъчейки се да стигнат до ръба на съда. Напразно, само шляпали намясто и потъвали. Усещали, че става все по-трудно да излязат на повърхността и да си поемат дъх.

Едната от тях викнала: „Не мога повече. Няма как да изляза оттук. Не може да се плува в тази каша. Щом ще се мре, защо да удължавам страданието. Няма смисъл да умирам, изтощена от напразни усилия“.

И като казала това, престанала да рита с крака и тутакси потънала, буквално погълната от гъстата бяла каша.

Другата жаба, по-упорита или може би по-твърдоглава, си рекла: „Няма начин! Нищо не мога да направя, за да изляза оттук. И все пак, въпреки близката смърт, предпочитам да се боря до последен дъх. Не искам да умра и секунда преди да е дошъл часът ми“.

И продължила да рита и да шляпа с часове все на едно място, без да напредва нито със сантиметър.

Но скоро от това шляпане в каймака, от биенето и ритането той станал на масло.

Изненадана, жабата скокнала, плъзнала се по него и стигнала до ръба на съда. Така се върнала у дома, квакайки весело.

МЪЖЪТ, КОЙТО СЕ МИСЛЕЛ ЗА МЪРТЪВ

Спомням си, че се замислих над приказката за двете жабки.

– Също като в онзи стих на Алмафуерте* – казах. – „Не се признавай за победен – дори да е така".

– Може би – отвърна *Дебелия*. – Но в случая мисля, че е по-скоро нещо като „не се признавай за победен, преди да бъдеш победен". Или може би: „не казвай, че си изгубил, преди да си разбрал крайната оценка". Защото...

И както бяхме почнали, ми разказа друга приказка.

Имало някога един мъж, който треперел за здравето си, но най-много се боял от смъртта.

Един ден, мислейки си разни глупости, му хрумнало, че може би вече е мъртъв. И попитал жена си:

– Кажи, жено, да не би да съм умрял?

Жената се засмяла и му рекла да докосне ръцете и краката си.

– Виждаш ли? Топли са! А това значи, че си жив. Ако беше умрял, ръцете и краката ти щяха да са ледени.

---

*Псевдоним на Педро Бонифасио Паласиос (1854–1917 г.), аржентински поет. – Б. пр.

Този отговор му се сторил доста разумен и той се успокоил.

След няколко седмици завалял сняг. Един ден мъжът отишъл в гората за дърва. Като стигнал там, си свалил ръкавиците, взел брадвата и се заел за работа.

Несъзнателно прокарал ръка по челото си и усетил, че тя е студена. Спомнил си думите на жена си, свалил си обувките и чорапите и с ужас установил, че и краката му са ледени.

От този миг за него вече нямало съмнение: „разбрал“, че е мъртъв.

– Не е хубаво един мъртвец да броди из гората и да сече дърва – рекъл си. Оставил брадвата до мулето, излегнал се спокойно на заледената земя, кръстосал ръце на гърдите си и затворил очи.

Малко след като се излегнал, глутница ловджийски кучета наобиколила дисагите му. Като видели, че никой не ги гони, те ги разкъсали и излапали всичката храна в тях. Мъжът си помислил: „Имат късмет, че съм мъртъв. Иначе щях да ги изритам оттук“.

Глутницата продължила да души наоколо и се натъкнала на мулето, вързано за едно дърво – лесна плячка за острите кучешки зъби. То заревало и започнало да хвърля къчове, но мъжът си мислел само колко хубаво би било да го защити, ако не беше мъртъв.

За няколко минути видели сметката на животното и останало само някое и друго куче да глозга кокалите му.

Ненаситната глутница продължила да души наоколо.

Не след дълго едно от кучетата усетило миризмата на мъжа. Огледало се и видяло дърваря, изтегнат неподвижно на земята. Приближило се бавно, съвсем бавно, защото за него хората били много опасни и коварни.

За секунди всички кучета наобиколили мъжа с олигавени муцуни.

„Сега ще ме изядат – помислил си той. – Щяха да видят те, ако не бях мъртъв".

Кучетата се приближили още повече...

...и като видели, че той не помръдва, го изяли.

ПОРТИЕРЪТ НА ПУБЛИЧНИЯ ДОМ

Бях по средата на следването си и като много други студенти, изведнъж започнах да поставям под въпрос решението си да уча. Споменах за това на терапевта си. Давах си сметка, че се насилвам и напъвам да продължа да следвам.

– Там е въпросът – каза ми *Дебелия*. – Докато смяташ, че „трябва" да учиш и да се дипломираш, няма как да го правиш с удоволствие. А когато не изпитваш поне малко удоволствие, ще си изиграеш лоша шега.

Хорхе повтаряше до втръсване, че не вярва в усилията. Казваше, че нищо свястно не може да се постигне с усилие. Но в този случай смятам, че все пак грешеше. Или поне, че това сигурно беше изключението, което потвърждаваше правилото.

– Но, Хорхе, не мога да прекъсна следването си – казах му аз. – Не мисля, че в света, в който трябва да живея, мога да стана нещо, ако нямам диплома. В известен смисъл следването е някаква гаранция.

– Може би – отвърна *Дебелия*. – Знаеш ли какво е *Талмуд?**

– Да.

– Там има една притча за един обикновен човек. Става дума за портиера на публичния дом.

---

*Сборник от религиозни, битови и правни предписания на юдаизма, включващ и тълкувания на Библията. – Б. пр.

Най-зле платената работа, на която се гледало с най-лошо око в едно село, била службата на портиера в публичния дом... Но какво можел да стори човекът?

Истината е, че той никога не се бил учил да чете и пише, нямал друго занимание, нито занаят. И получил мястото, защото преди него баща му бил портиер на публичния дом, а преди това – бащата на баща му.

Десетки години публичният дом се предавал от бащи на синове и портиерската служба също.

Един ден старият собственик умрял и домът попаднал в ръцете на амбициозен, деен и предприемчив младеж. Той решил да обнови бизнеса.

Ремонтирал стаите, а после извикал персонала да му даде нови инструкции.

На портиера казал:

– От днес вие няма да стоите само на вратата, а ще подготвяте и седмичен доклад. В него ще отбелязвате колко двойки идват всеки ден. На една от всеки пет двойки ще задавате въпроса как са били обслужени и какво биха променили в заведението. И веднъж седмично ще ми носите този доклад с отзивите, които вие подберете.

Мъжът се разтреперил. Не му липсвало желание за работа, но...

– Ще се радвам да изпълня заповедта ви, господине – промърморил той, – но аз... не знам да чета и да пиша.

– О, колко жалко! Както разбирате, не мога да плащам на друг да прави това, а не мога и да чакам да се научите да пишете, затова...

– Но, господине, не можете да ме уволните. Цял живот съм вършил това, като баща си и дядо си...
– прекъснал го той.

– Вижте, разбирам ви, но не мога да направя нищо за вас. Естествено ще ви дам обезщетение, тоест известна сума, за да преживеете, докато си намерите друга работа. Така че – съжалявам. Желая ви късмет.

И просто се обърнал и си тръгнал.

Мъжът усетил, че целият му свят се сгромолясва. Не бил и помислял, че може да изпадне в такова положение. За пръв път в живота си се прибрал вкъщи като безработен. Какво можел да стори?

Спомнил си, че когато в публичния дом се счупело някое легло или се изкривял крак на шкаф, той правел малки ремонти с един чук и с пирони. Помислил си, че временно може да се занимава с това, докато някой му предложи работа.

Започнал да търси нужните инструменти из цялата къща, но открил само някакви ръждясали пирони и едни нащърбени клещи. Трябвало да си купи комплект инструменти и затова решил да похарчи част от парите, които получил.

На ъгъла до дома си научил, че в селото нямало железарски магазин и трябвало да пътува два дни с муле, за да иде до най-близкото село и да си ги купи. „Какво пък?“, помислил си. И тръгнал на път.

На връщане донесъл красива кутия с пълен комплект инструменти. Още не си бил свалил обувките, когато на вратата се почукало – бил съседът.

– Исках да ви питам дали нямате един чук да ми заемете.

– Ами имам, току-що го купих, но ми трябва... Останах без работа и...

– Добре, но аз ще ви го върна утре рано сутринта.

– Може.

На другата сутрин съседът почукал на вратата, както бил обещал.

– Вижте, чукът още ми трябва. Защо не ми го продадете?

– Не мога, трябва ми за работа, пък и железарският магазин е на два дена път с муле.

– Да направим сделка – рекъл съседът. – Ще ви платя за двата дни път на отиване и двата на връщане, плюс цената на чука. Нали сте без работа. Какво ще кажете?

Така наистина щял да има работа за четири дена.

И приел.

Като се върнал, друг съсед го чакал пред вратата на дома му.

– Здрасти, съседе. Вие ли продадохте чук на нашия приятел?

– Да...

– Имам нужда от някои инструменти. Готов съм да ви платя четирите дни път и малка печалба за всеки от тях. Нали знаете, не всеки разполага с четири дена за покупки.

Бившият портиер отворил кутията с инструменти и съседът му си избрал едни клещи, отвертка, чук и длето. Платил му и си отишъл.

...*Не всеки разполага с четири дена за покупки*, запомнил той.

Щом е така, сигурно мнозина ще имат нужда той да пътува и да им носи инструменти.

При следващото пътуване решил да рискува да похарчи част от парите от обезщетението и да вземе повече инструменти, отколкото е продал. Така щял да си спести от времето за пътуване.

Слухът се разнесъл из махалата и много съседи се отказали да ходят на покупки.

Така станал продавач на инструменти и веднъж седмично пътувал и купувал всичко, от което имали нужда клиентите му. Скоро разбрал, че ако намери място, където да складира инструментите, може да си спести още пътувания и да спечели повече пари. Затова наел едно помещение.

По-късно разширил входа на склада, а след няколко седмици направил витрина и така помещението се превърнало в първия железарски магазин в селото.

Всички били доволни и купували от магазина му. Вече не трябвало и да пътува, защото от съседното село му пращали поръчките – бил добър клиент.

С времето всички купувачи от малките отдалечени селца предпочели да пазаруват от неговия железарски магазин и да си спестяват два дни път.

Един ден му дошло наум, че неговият приятел, стругарят, можел да изработва главите на чуковете. А по-късно... защо не? – и различните видове клещи и длета. После дошъл ред на пироните и болтовете...

За да не стане много дълга приказката, ще ти кажа, че за десет години този човек, благодарение на честността и на труда си, се превърнал в производител на инструменти и милионер. И накрая станал най-големият предприемач в района.

Толкова се замогнал, че един ден по случай началото на учебната година решил да дари на своето село цяло училище. Освен четмо и писмо, там щели да преподават изкуство и най-търсените по онова време занаяти.

Губернаторът и кметът устроили голям празник за откриването на училището и официална вечеря в чест на дарителя.

Накрая кметът му връчил ключа на селото, а губернаторът го прегърнал и му рекъл:

– С голяма благодарност и гордост ви молим да ни окажете честта да положите подписа си на първата страница в официалната книга на новото училище.

– Това е чест за мен – отвърнал мъжът. – Мисля, че с най-голямо удоволствие бих се подписал, но аз не мога да чета и да пиша. Неграмотен съм.

– Вие? – рекъл губернаторът, който не можел да повярва. – Вие не можете да четете и да пишете? И построихте цяла индустриална империя, без да знаете да четете и пишете? Изумен съм. И се питам какво ли бихте направили, ако бяхте грамотен.

– Ще ви отговоря – рекъл спокойно мъжът. – Ако можех да чета и да пиша... щях да съм портиер в публичния дом!

С ДВА НОМЕРА ПО-МАЛКИ

Този следобед си бях подготвил темата: исках да поговорим още малко за усилието.

Когато го отработвахме по време на сеанса, ми се струваше доста разумно. Но дойдеше ли време да приложа наученото на практика, не можех да го свържа с онова, което на теория изглеждаше толкова лесно.

– Определено имам чувството, че не мога да живея, ако не полагам, поне от време на време, известни усилия. И освен това си мисля, че никой, който и да е той, не може да го постигне.

– Донякъде си прав – отвърна ми *Дебелия*. – Прекарах голяма част от последните двайсет години, мъчейки се да остана верен на тази идея, и невинаги съм успявал. Мисля, че с всички е така. Темата за отричане на усилието е предизвикателство, иска се практика и дисциплина. И затова е необходим тренинг...

...В началото и на мен ми се струваше трудно – продължи той. – Какво щяха да си помислят хората, ако не отида на някое събиране? Ако не ги слушам внимателно, макар това, което искат да кажат, да не ме интересуваше изобщо? Ако не изкажа благодарност на човек, когото смятам за жалък? Ако откажа да изпълня нечия молба, просто защото нямам желание да го направя? Ако си позволя лукса да работя четири дни в седмицата, защото не искам да печеля повече? Ако ходя небръснат? Ако не искам да се откажа от пушенето, докато това не стане от само себе си? Ако?...

Веднъж написах, че идеята за необходимото усилие е социално творение, произтекло от определена идеология, от една идеологическа система, която всъщност е доста сурова към личността на социалния индивид. Ясно е, че ако човек е безделник, злосторник, егоист и лентяй, трябва да положи усилие „да се поправи". Но каква е гаранцията, че той е точно такъв?

Слушах Хорхе в захлас не толкова заради това, което казваше, а защото се питах какво ли би означавало да живея без напрежение, в мир със себе си, спокойно, без да препускам и без непрекъснато да се питам: „Какво правя тук?".

Но откъде да започна?

– Първо – продължи Хорхе, сякаш отгатнал мислите ми – и преди всичко, трябва да обезвредим един капан, заложен ни още от малки. Този капан е една мисъл, която така се е вкоренила в нас, че е станала и явно, и подсъзнателно част от нашата култура:

„Ценно е само онова, което се постига с усилие".

Както биха казали американците, това е *bullshit* (глупости). Всеки разбира от собствен опит, че това не е вярно, и все пак организираме живота си така, сякаш това твърдение е безспорна истина. Преди години описах един клиничен синдром, от който страдаме или сме страдали всички, макар да не фигурира в трактатите по медицина и психология. Реших да го нарека „Синдром на обувката, по-малка с два номера" и сега ще видиш защо.

Един мъж влиза в магазин за обувки и любезният продавач се приближава до него:

– Мога ли да ви помогна, господине?

– Искам чифт черни обувки като онези на витрината.

– Разбира се, господине. Да видим, сигурно търсите номер... четирийсет и първи. Нали?

– Не. Искам трийсет и девети, моля.

– Извинете, господине. От двайсет години работя като продавач и съм сигурен, че вашият номер трябва да е четирийсет и първи. Може би четирийсети, но не и трийсет и девети.

– Искам трийсет и девети, моля.

– Извинете, ще позволите ли да ви измеря ходилото?

– Мерете каквото искате, но на мен ми трябва чифт обувки номер трийсет и девет.

Продавачът изважда от чекмеджето онзи странен инструмент, с който продавачите на обувки мерят стъпалото, и възкликва доволно:

– Виждате ли? Нали ви казах: носите четирийсет и първи номер.

– Я ми кажете кой ще плати обувките – вие или аз?

– Вие.

– Добре. Тогава ще ми дадете ли трийсет и девети номер?

Изненадан, но и примирен, продавачът отива да донесе чифт обувки номер трийсет и девет. Пътьом разбира каква е работата: обувките сигурно не са за този мъж, а за подарък.

– Ето ги, господине, номер трийсет и девети, черни.

– Ще ми дадете ли обувалка?

– Ще ги обуете ли?

– Да, разбира се.

– За вас ли са?

– Да! Ще ми донесете ли обувалка?

Този крак не може да влезе в тази обувка без обувалка. След дълги напъни и всевъзможни опити клиентът успява да напъха цялото си стъпало в обувката.

Прави няколко крачки по килима, но все по-трудно, охкайки и пъшкайки.

– Добре. Ще ги взема.

Като си представя как тези обувки трийсет и девети номер убиват пръстите на клиента, самият продавач усеща болки в краката.

– Да ви ги увия ли?

– Не, благодаря. Ще остана с тях.

Клиентът излиза от магазина и изминава криво-ляво трите преки до офиса си. Той работи като касиер в банка.

В четири следобед, след като престоява повече от шест часа прав с тези обувки, лицето му се разкривява, очите му се зачервяват и той вече рони сълзи.

Колегата му от съседната каса, който го наблюдава цял следобед, се тревожи за него.

– Какво става с теб? Зле ли ти е?

– Не. От обувките е.

– Какво им е на обувките?

– Стягат ме.

– Какво е станало? Намокри ли ги?

– Не. По-малки са с два номера.

– Чии са?

– Мои.

– Не разбирам. Не те ли болят краката?

– Страшно ми убиват.

– Ами тогава?

– Ще ти обясня – казва той и преглъща. – Малко са удоволствията в живота ми. Всъщност в последно време почти нямам приятни моменти.

– И какво?

– Обувките страшно ми убиват. Боли ужасно, така е... Но представяш ли си какво удоволствие ще изпитам след няколко часа, като се прибера у дома и ги събуя? Какво удоволствие, човече! Какво удоволствие!

– Истинска лудост, нали? Така е, Демиан, така е.

Такъв до голяма степен е моделът на нашето възпитание. Мисля, че и моята позиция е крайна, но все пак си струва да я изпробваме като дреха, за да видим дали ни приляга.

Аз смятам, че нищо истински ценно не може да се постигне с усилие.

Замислих се над последните му думи, груби и категорични:

– Напъните са... за запека.

ДЪРВОДЕЛСКА РАБОТИЛНИЦА „СЕДМИЯТ“

– Освен че са тъпи, някои хора не приемат и помощ – оплаках се аз.

Дебелия се настани удобно и започна да разказва:

Някъде в края на селото се гушела малка къщурка, почти колибка. Отпред имало работилничка с инструменти, две стаи и кухня, а отзад – примитивна баня...

Но Хоакин не се оплаквал. През последните две години за дърводелска работилница „Седмият“ се разчуло в селото, той печелел достатъчно и не се налагало да посяга към нищожните си спестявания.

Една сутрин, както винаги, Хоакин станал в шест и половина, за да види изгрева. Но не успял да стигне до езерото. По пътя, на около двеста метра от дома си, едва не се спънал в тялото на пребит младеж.

Дърводелецът тутакси коленичил и доближил ухо до гърдите на младия човек... Някъде дълбоко в тях едно сърце се борело със сетни сили за остатъка живот в това мръсно, воняшо на кръв, на нечистотии и алкохол тяло.

Хоакин отишъл да вземе количка и натоварил младежа на нея. Когато стигнал вкъщи, положил тялото на леглото си, разкъсал дрипавите дрехи и грижливо го измил с вода, сапун и спирт.

Момчето било не само пияно, но и жестоко пребито. Имало рани от нож по ръцете и гърба, а десният му крак бил счупен.

През следващите два дни Хоакин посветил цялото си време на грижите за неканения гост: той лекувал и превързвал раните му, сложил шина на крака му и давал на момчето пилешки бульон с малка лъжичка.

Когато младежът се свестил, Хоакин бил до него и го гледал загрижено и нежно.

– Как си? – попитал го той.

– Ами... мисля – отвърнал младежът, оглеждайки чистото си и излекувано тяло. – Кой ме излекува?

– Аз.

– Защо?

– Защото беше наранен.

– Само затуй ли?

– Не. И защото имам нужда от помощник.

И двамата се разсмели от сърце...

Като се хранел и спял добре и като не пиел алкохол, Мануел – така се казвал младежът – възвърнал веднага силите си.

Хоакин искал да го научи на занаят, а Мануел все гледал да бяга от работата. Дърводелецът се мъчел да набие в тая очукана от разгулния живот глава колко по-добре е да имаш добра работа, добро име и да водиш почтен живот. И неведнъж Мануел сякаш разбирал това, но след два часа или след два дни отново заспивал или забравял да свърши работата, която Хоакин му заръчвал.

Минали месеци и младежът се възстановил напълно. Хоакин му отстъпил най-голямата си стая, направил го съдружник и му позволил пръв да влиза в банята в замяна на обещанието, че ще се захване за работа.

Една вечер, когато Хоакин заспал, Мануел решил, че шест месеца въздържание му стигат, и си помислил, че няма да му стане нищо, ако изпие чашка алкохол в селото. Заключил вратата на стаята си отвътре и излязъл през прозореца, оставяйки свещта да гори, за да създаде впечатлението, че е вътре, в случай че Хоакин се събуди през нощта.

След първата чашка изпил втора, а след нея трета и четвърта, и още много...

Мануел пеел с другарите си по чашка, когато чул сирената на пожарната, минаваща пред вратата на кръчмата. Но не се досетил какво става, докато призори, залитайки, не стигнал до къщата и не видял тълпата, събрала се на улицата...

След пожара останали само една стена и някои инструменти. Всичко друго било погълнато от огъня. От Хоакин открили само четири-пет обгорели кости, които погребали в гробището под паметна плоча, на която Мануел поръчал да изпишат следния надпис:

ЩЕ ГО НАПРАВЯ, ХОАКИН, ЩЕ ГО НАПРАВЯ!

С усилен труд Мануел построил отново дърводелската работилница. Бил лентяй, но бил и сръчен и всичко, което научил от Хоакин, му помогнало да успее в занаята.

Живеел непрекъснато с чувството, че дърводелецът го гледа отнякъде и го подкрепя. Мануел го споменавал при всяко важно събитие: сватбата си, раждането на първото си дете, покупката на първата си кола...

А на петдесет километра оттам, все така жив и здрав, Хоакин се питал дали било редно да лъже, да мами и да подпалва такава хубава къщичка само за да спаси един младеж.

Отговорил си, че е редно, и сам се разсмял, като си помислил за селската полиция, която взела свинските кости за човешки...

Новата му работилница била малко по-скромна от предишната, но вече била известна в селото. Нарекъл я „Осмият“.

– Понякога, Демиан, в живота се налага да помогнеш на скъп човек. Все пак, ако има трудност, с която си струва да се сблъскаш, това е помощта за другия. Не е нито „морален“ дълг, нито нещо от тоя род. То е житейски избор, който в даден момент всеки може да направи в посоката, в която пожелае.

Благодарение на собствения си опит, натрупан от преживяното и от наблюдения, съм склонен да смятам, че свободният човек, който познава себе си, е великодушен, отзивчив, любезен и способен да се радва еднакво, когато дава и когато получава. И все пак, ако срещнеш самовлюбени хора, не трябва да ги мразиш: те сигурно вече си имат достатъчно проблеми със самите себе си. Винаги, когато изпадаш в гадни, скапани и унизителни състояния, се запитай какво става с теб. Уверявам те, че някъде си сбъркал.

Веднъж написах:

Невротикът няма нужда
от терапевт да го цери,
нито от баща грижовен.
Нужен му е само някой,
който да му посочи
къде по пътя е кривнал.

ЧУВСТВО ЗА СОБСТВЕНОСТ

Не знам точно защо, но в един момент от живота си поех по труден и мъчителен път.

Всичко започна с един изблик на ревност към приятелката ми. Тя беше предпочела да се види със съученичките си от колежа и да отложи срещата ни. От този момент в главата ми започнаха да се въртят мисли и предчувствия, че я губя, и както винаги, изпитах болка.

Бях говорил в терапевтичния кабинет колко е важно да изживяваш загубите като такива, но в този момент наистина бях разстроен.

– Не виждам защо трябва да деля моето момиче с приятелките ѝ, нито приятелите си – с техните момичета. Казвам го така, за да го чуя и да осъзная колко е тъпо. Моля те, помогни ми. Когато нещо е мое, смятам, макар да звучи допотопно, както ти казваш, че от мен зависи дали да го деля, или да не го деля с някого, и то в момента, в който аз пожелая. Затова е мое.

Хорхе остави чайника и започна да разказва:

Както си вървял разсеяно по улицата, той изведнъж я видял – голяма и красива златна купчинка.

Слънцето я огрявало цялата и докосната от лъчите му, повърхността ѝ проблясвала с многоцветни сияния, които я превръщали в нещо космическо, дошло от филмите на Стивън Спилбърг.

Останал за миг, гледайки я като хипнотизиран.

– На кого ли е? – запитал се.

Огледал се на всички страни, но не видял никого наоколо.

Накрая се приближил и я докоснал. Била топла.

Като прокарал пръсти по нея, му се сторило, че гладката ѝ повърхност е в пълна хармония с блясъка и красотата ѝ.

– Ще я взема – рекъл си.

Вдигнал я много внимателно и я понесъл извън града.

Захласнат, той навлязъл бавно в гората и се отправил към една поляна.

Там, под следобедното слънце, я положил внимателно на тревата, седнал и вперил поглед в нея.

– За пръв път имам нещо ценно. Нещо мое. Само мое! – помислили си и двамата.

– Когато придобием нещо и станем зависими от това нещо, кой кого притежава, Демиан?

Кой кого притежава?

ПЕВЧЕСКИ КОНКУРС

Мислих дълго над някои думи, казани на миналия сеанс.

Излязох от кабинета, а те продължаваха да звучат в главата ми: нищожество, отрепка, егоист, заплес... Нещо ставаше в главата ми, някаква невероятна каша.

Отидох на следващия сеанс с „ясното намерение", както казваше Хорхе, да продължа да говоря на същата тема.

– Хорхе – започнах аз, – винаги си защитавал егоизма като явен израз на самоуважение, на самолюбие в добрия смисъл... Но последния път ми говори за жалките хора и аз, усвоил от теб, разбира се, тъпия навик да търся в речника думите, които се въртят в главата ми, потърсих думата „жалък".

– И какво?

– Там пише: „Алчен, низък, нещастен, беден". Но знаеш ли какво? На мен изведнъж всичко ми се стори еднакво.

– Я да видим – отвърна *Дебелия* и отвори *Речник на Кралската академия*. – Тук пише още: „Нуждаещ се, оскъден, дребен". И освен това, че думата е от арабски произход* и идва от *miskin*, което значи „беден"...

...Може би сега ще намерим по-добро обяснение – продължи той. – Жалък трябва да е този, на когото му липсва – или той смята, че му липсва – най-важното. Който има нужда от нещо, което му липсва, за да не бъде така нищожен;

---

*На испански *mezquino*. – Б. пр.

който не обича да дава, защото не иска да дели с никого онова, което има; това е бедният нещастник, за когото няма друго, освен собствените му желания.

Хорхе направи дълга пауза, сякаш искаше да се сети за нещо, и аз се приготвих да чуя какво ще каже.

Веднъж в джунглата се появил бухал, който дълго живял затворен в клетка, и започнал да обяснява на животните човешките нрави.

Разказал им например, че хората в градовете оценявали способностите на артистите чрез конкурси, за да решат кои са най-добрите в дадена област: живопис, рисуване, скулптура, пеене...

Животните се запалили по идеята да усвоят нравите на хората и може би затова организирали начаса певчески конкурс, за който бързо се записали почти всички присъстващи – от кадънката до носорога.

Под ръководството на бухала, който знаел как стават нещата в града, се взело решение конкурсът да се проведе с тайно всеобщо гласуване на всички участници и така самите те да си бъдат жури.

Речено – сторено. Всички животни, дори човекът, се качвали на подиума, пеели и били повече или по-малко аплодирани от присъстващите. После отбелязвали на едно листче за кого гласуват и го пускали, сгънато, в голяма урна, пазена от бухала.

Като дошло време да броят гласовете, бухалът се качил на приготвената за случая сцена, придружен от две възрастни маймуни, и отворил урната, за да преброи гласовете от тези „прозрачни избори“, „празник на всеобщото тайно гласуване“ и „пример за вярност към демокрацията“, както бил чувал да казват политиците в града.

Една от старите маймуни извадила първото листче и бухалът извикал сред всеобщото вълнение:

– Първият глас, братя, е за нашия приятел магарето!

Настъпило мълчание, последвано от няколко плахи аплодисменти.

– Втори глас – за магарето!

Всеобщо объркване.

– Трети – за магарето!

Присъстващите започнали да се споглеждат – първо изненадани, после недоволни и накрая, като видели, че и следващите гласове са за магарето – все по-засрамени, с чувството за вина заради собствените си гласове.

Всички знаели, че няма по-лоша песен от ужасния рев на това животно. И все пак гласовете един след друг го сочели за най-добър сред певците.

И станало така, че в края на преброяването, след „свободния вот на безпристрастното жури“, било решено, че магарето печели с продрания си и креслив рев.

И то било провъзгласено за „най-прекрасния глас в пустинята и околовръст“.

По-късно бухалът обяснил станалото така: всеки участник в конкурса, смятайки себе си за безспорен победител, дал своя глас за най-неподготвения, за онзи, който не представлявал никаква заплаха.

Гласували почти единодушно. Само два гласа не били за магарето: на самото магаре, което смятало, че няма какво да губи, и гласувало съвсем честно за чучулигата, и на човека, който гласувал, разбира се, за себе си.

– Ето така, Демиан, такива неща прави низостта с обществото ни. Когато се чувстваме толкова важни, че няма място за другите, когато се мислим за толкова заслужили, че не виждаме по-далеч от носа си, когато си въобразяваме, че сме прекрасни, и не допускаме друга възможност, освен да притежаваме всичко, което сме пожелали, тогава суетата, подлостта, глупостта и низостта ни правят жалки. Не егоисти, Демиан, а жалки. Жал-ки!

КАКВА Е ТАЗИ ТЕРАПИЯ?

От известно време много приятели ме питаха на каква терапия ходя. Всички бяха толкова учудени на някои от нещата, които им разказвах за *Дебелия*, и от това, което ставаше в кабинета му, че не можеха да вместят начина му на работа в никой от терапевтичните модели, които познаваха. А откровено казано, и в тези, които аз познавах.

Затова, когато отидох при него следобед, понеже работите с мен бяха горе-долу наред, „всяко на мястото си", както казваше *Дебелия*, го попитах каква е тази терапия.

– Каква е тази терапия ли? Откъде да знам? Нима това е терапия? – отвърна ми Хорхе.

„Лош късмет – помислих си. – Днес е един от ония дни, в които *Дебелия* става непроницаем и няма смисъл да се мъчиш да изкопчиш някакъв отговор от него". Но все пак настоях:

– Съвсем сериозно. Искам да знам.

– Защо?

– За да разбера.

– И за какво ти е да разбереш каква е тази терапия?

– Не мога да се отърва от това, нали? – казах му, предчувствайки какво следва.

– Да се отърveш ли? Защо искаш да се отърveш?

– Виж, писна ми да не мога да питам нищо. Когато си в настроение, прекаляваш с обясненията, а когато не си, човек не може да изкопчи и един отговор от теб. Не е справедливо!

– Ядосан ли си?

– Да! Ядосан съм!

– И какво ще правиш с яда си? Какво смяташ да правиш с гнева, който изпитваш? Ще си го носиш ли?

– Не, искам да крещя. Майната ти!

– Викни пак.

– Майната ти!

– Още, още.

– Майната ти!

– Продължавай. Кого проклинаш? Продължавай!

– Теб проклинам! Тъп *Дебелак*! Теб проклинам!

Дебелия ме гледаше мълчешком, докато си поемах дъх и постепенно възстановявах нормалното си дишане. След малко заговори:

– Това е терапията, която правим, Демиан. Терапия, която ти помага да разбереш какво изпитваш всеки момент. Която отваря пукнатини в твоите маски и от тях се показва истинското ти лице, Демиан.

Терапия, която в известен смисъл е уникална и не се поддава на описания, защото е изградена на базата на две уникални личности, които не подлежат на описание – ти и аз. Две личности, които засега са се уговорили да обръщат повече внимание на процеса на израстване на едната от тях – твоята.

Терапия, която не лекува никого, защото признаваме, че тя може само да помогне на някои хора да се излекуват сами. Терапия, която не предизвиква никакви реакции, а действа единствено като катализатор, способен да ускори даден процес, който рано или късно, при всички положения, би се проявил – с терапевт или без него.

Която, поне с този терапевт, прилича все повече на метод на обучение. И накрая, терапия, която обръща повече внимание на чувствата, отколкото на мислите; на действието, отколкото на правенето на планове; на това да бъдеш, а не да притежаваш; на настоящето, а не на миналото или на бъдещето.

– Там е въпросът, настоящето – отвърнах аз. – Мисля, че това е разликата с предишните ми терапевти: акцентът, който слагаш на положението в момента. Всички терапевти, които познавам и за които съм чувал, се интересуват от миналото, от причините и корените на проблема. А теб това не те интересува. Как ще оправиш нещата, ако не знаеш кога са почнали да стават сложни?

– За по-кратко трябва да започна по-отдалеч. Да видим дали ще успея да ти обясня. Що се отнася до терапията, доколкото знам, съществуват повече от двеста и петдесет терапевтични форми, свързани повече или по-малко с още толкова философски тези.

Всички тези школи се различават помежду си – по идеи, по форма или по акценти. Но мисля, че всички те се стремят към едно и също: да подобрят живота на пациента. И може би единственото, за което не могат да се разберат, е какво значи за всеки терапевт „да подобрят живота". Но... нека продължим!

Тези двеста и петдесет школи могат да се групират в три основни течения според акцента, който всеки психотерапевтичен модел слага при изучаването на проблемите на пациента. На първо място са школите, които акцентират на миналото. На второ място са онези, които акцентират на бъдещето. И накрая – които се занимават с настоящето.

Първото течение, далеч не най-многобройно, включва всички школи, които тръгват – или действат, сякаш са тръгнали – от идеята, че болният от невроза е човек, който някога, преди време, като малък, е имал някакъв проблем и оттогава страда от последствията от тази ситуация. Следователно въпросът е да се възстановят всички спомени за тази история от миналото на пациента и да се стигне до ситуациите, предизвикали неврозата. И тъй като според психоаналитика тези спомени са „потиснати“ в подсъзнанието, неговата задача е да се порови в него и да открие фактите, скрити там.

Най-ясен пример за този модел е традиционната психоанализа. Като дефиниция за тези школи обикновено казвам, че те търсят „защо“.

Както виждам, много психоаналитици смятат, че ако просто открият причината за симптома, тоест ако пациентът открие защо прави това, което прави, и осъзнае неосъзнатото, то целият механизъм ще заработи правилно.

Психоанализата, ако говорим за най-разпространената от тези школи, си има като всяко нещо предимства и недостатъци.

Главното ѝ предимство е, че няма – или поне аз не мисля, че има – друг терапевтичен модел, който да дава по-задълбочено познание за самите вътрешни процеси. Както изглежда, при никой друг модел не може да се постигне такова ниво на самоопознаване, каквото се постига с техниките на Фройд.

Колкото до недостатъците, те са поне два. От една страна, продължителността на терапевтичния процес – твърде е дълъг, което го прави уморителен и неикономичен, като нямам предвид само парите. Един психоаналитик ми каза веднъж, че терапията трябва да продължи една трета от времето, което пациентът е живял, смятано от момента на започването ѝ. От друга страна, терапевтичният ефект от този модел е съмнителен. Лично аз се съмнявам, че може да се постигне такова самопознание, което да промени коренно един живот, поведението на болния или причината, поради която пациентът посещава кабинета.

В другата крайност според мен са психотерапевтичните школи, занимаващи се с бъдещето. Бих могъл да дефинирам накратко тези течения, много модерни в момента, така: истинският проблем е, че пациентът действа по начин, различен от този, по който би трябвало да действа, за да постигне целта си. Следователно задачата не е да се открие защо с него става това, което става – то не се подлага на съмнение, – нито да се проучи в дълбочина болният индивид. Въпросът е да се помогне на пациента да постигне онова, което желае, или да постигне желаното, превъзмогвайки страховете си, за да живее по-пълноценно и положително.

Това течение, представено главно от бихейвиоризма, предлага идеята, че едно ново поведение може да бъде усвоено само чрез прилагането му. Нещо, което пациентът трудно би посмял да направи без външна помощ, подкрепа и напътствие. Тази помощ може да му бъде оказана чудесно от професионалист, който ще му посочи какво е най-адекватното поведение, ще му препоръча съвсем ясно как трябва да се държи и ще съпътства пациента в този процес на оздравително приспособяване.

Основният въпрос, който си поставят терапевтите от това течение, не е „защо“, а „как“. Тоест, как да се постигне желаната цел?

Тази школа също има предимства и недостатъци. Първото предимство е, че техниката е невероятно ефикасна, а второто, че процесът е много бърз. Някои американски необихейвиористи говорят вече за терапии, които траят от един до пет сеанса. Най-явният недостатък според мен е, че лечението е повърхностно: пациентът не може изобщо да се опознае, нито да открие собствените си ресурси и следователно успява да разреши само проблема, заради който е отишъл в кабинета, и то под силната зависимост от терапевта. В това не би трябвало да има нищо лошо, но не се предлагат достатъчно възможности пациентът да постигне задължителния контакт със самия себе си.

Третото течение е най-новото от гледна точка на историята. То включва всички психотерапевтични школи, които насочват вниманието си към настоящето.

В общи линии, ние тръгваме от идеята да не търсим причината за страданието, нито да препоръчваме определено поведение за преодоляването му. Задачата ни по-скоро е да разберем какво става с човека, който идва на консултации, и защо той е в това състояние.

Знаеш, че това е насоката, в която съм избрал да работя, и следователно смятам, че тя е най-добрата. И все пак признавам, че и в този случай има както недостатъци, така и предимства.

В сравнение с другите, тези терапии не са нито така продължителни, както при психоанализата, нито толкова кратки, както при необихейвиоризма. Едно лечение от този вид трае от шест месеца до две години. И без да се стига до дълбочината на традиционното течение, според мен се получава голяма доза самопознание и добро ниво на способности за използване на собствените ресурси.

От друга страна, обогатявайки процеса на създаването на контакт с действителността, лечението крие опасността да внуши на пациентите, макар и за известно време, философията на безразличието и лекомислието. Поведение, ръководено от мисълта „живей за момента“, нямащо нищо общо с „настоящето“, на което тези школи акцентират и което много често изисква не само опит, но и планове за живота.

Има един много стар виц, който може би ще изясни същността на тези три течения. Историята, описана в него, е много проста и се повтаря, но ще си позволя лукса да се пошегувам малко с тези три начина на мислене и ще ти разкажа три различни развръзки.

Един човек страдал от енкопреза (за по-ясно: изпускал се в гащите). Отишъл при лекаря, който го прегледал и изследвал, но не открил никаква физиологична причина за този проблем и му препоръчал да отиде при терапевт.

Първа развръзка, при която терапевтът, при когото отива, е традиционен психоаналитик:

След пет години човекът среща един приятел.
– Здравей! Как върви терапията?
– Чудесно! – отвръща мъжът въодушевено.
– Вече не се ли изпускаш в гащите?
– Е, още го правя, но вече знам защо!

Втора развръзка, при която терапевтът е бихейвиорист:

След пет дена мъжът среща един приятел.
– Здравей! Как върви терапията?
– Върховно! – отвръща мъжът въодушевено.
– Вече не се ли изпускаш в гащите?
– Е, още го правя, но вече нося памперси!

Трета развръзка, при която терапевтът е от течението гещалтизъм*:

След пет месеца мъжът среща един приятел.
– Здравей! Как върви терапията?
– Прекрасно! – отвръща мъжът въодушевено.
– Вече не се ли изпускаш в гащите?
– Е, още го правя, но вече не ми пука!

– Но поставен така, въпросът ми се струва доста апокалиптичен – възразих аз.

– Възможно е, но при всички случаи този апокалипсис е реален. Толкова реален, колкото е вярно, че сеансът ти свърши.

Рядко съм проклинал толкова някого!

---

*От *Gestalt* – образ (нем.). Направление в психологията, което разглежда цялостния характер на сетивното възприятие. – Б. пр.

ЗАКОПАНОТО СЪКРОВИЩЕ

След последния сеанс бях притеснен, да не кажа разтревожен. Онзи нещастник бе продължил да се изпуска в гащите, независимо на какъв терапевт попадал. Това ме накара да преосмисля собственото си решение да ходя на терапия: в крайна сметка не исках да посещавам сеансите нито за да разбера защо, нито за да нося памперси, нито за да не ми пука. Така че, ако от тази инвестиция на време и пари щях да получа само това, време беше да се откажа.

– В такъв случай, Хорхе, вече не става въпрос за терапевтични школи. Проблемът сега е: защо съм тук?

– За съжаление, отговорът не е в мен. Той е у теб.

– Объркан съм, много съм объркан. До последния сеанс бях сигурен, че психотерапията е полезна. Бях от хората, които пращат всичките си приятели на терапевти. Но изведнъж собственият ми терапевт ми казва, че човек, който отива на сеанс, защото се изпуска в гащите, защото нещо му куца или е потиснат и луд, като си тръгне, пак ще се изпуска, пак нещо ще му куца и ще е тъжен и самотен, както преди да отиде. Не разбирам нищо. Много ми е мътно.

– Нищо не излиза, когато човек се ядосва, че е объркан. Това положение те притеснява, защото смяташ, че всичко трябва да ти е ясно, че не трябва да си объркан, че трябва да знаеш всички отговори, че трябва, трябва... Отпусни се, Демиан. Както вече ти казах, при гещалтпсихологията единственото, което „трябва“, е:

Трябва да знаеш, че абсолютно нищо не „трябва“.

– Вярно е. Но дори и без „трябва“ има отговори, които бих искал да знам.

– Да ти разкажа ли една приказка?

Този ден наострих уши повече от всякога. Знаех, че всеки разказ, притча и дори виц на Хорхе са ми помагали да си изясня нещата, когато съм бил объркан.

Живял някога в град Краков един благочестив и честен старец на име Изи. Няколко нощи подред той сънувал, че отива в Прага и стига до един мост над река. Сънувал, че на единия бряг на реката, под моста, имало кичесто дърво, че започва да копае дупка до това дърво и в нея открива съкровище, с което си осигурява благополучие и спокойствие за цял живот.

В началото Изи не обърнал внимание на съня. Но като видял, че той се повтаря със седмици, решил, че това е знак и че не бива да подминава тази вест, пратена му насън от Господ или откъдето и да било.

И така, доверявайки се на интуицията си, той натоварил мулето си за дългото пътуване и поел към Прага.

След шест дни път старецът стигнал до Прага и започнал да търси моста над реката в околностите на града. Нямало много реки, нито много мостове, тъй че бързо открил мястото, което търсел. Всичко било както в съня му: реката, мостът и на единия бряг дървото, под което трябвало да копае.

Само едно нещо липсвало в съня му: мостът бил охраняван денонощно от един войник от царската гвардия.

Изи не посмял да копае, докато войникът бил там, затуй се разположил край моста и зачакал. На втората нощ войникът забелязал мъжа, който се бил настанил на брега, и тъй като му се сторил подозрителен, се приближил да го разпита.

Старецът не сметнал за нужно да го лъже. Затова му разказал, че е дошъл от далечен град, защото е сънувал, че в Прага, под един мост като този, има заровено съкровище.

Войникът се разсмял.

– Да изминеш толкова път за тоя, дето духа – отвърнал му той. – От три години и аз сънувам всяка нощ, че в град Краков, под кухнята на един луд старец на име Изи, има закопано съкровище. Ха-ха-ха! Да не мислиш, че трябва да ида в Краков, да намеря тоя Изи и да започна да копая под кухнята му? Ха-ха-ха!

Изи благодарил любезно на войника и се върнал у дома.

Вкъщи той изкопал дупка под кухнята и открил съкровището, което открай време било заровено там.

След приказката *Дебелия* мълча дълго, докато на вратата не се позвъни. Беше следващият му пациент. Хорхе се приближи до мен, прегърна ме, целуна ме по челото и аз си тръгнах.

Прехвърлих наум целия сеанс. В началото на разговора *Дебелия* ми бе казал същото, което искаше да ми обясни и с приказката: „Отговорът на въпросите ти не е в мен, а в теб“.

Щях да открия отговорите в себе си. Не от Хорхе, нито от книгите, нито в терапията, нито от приятелите си. А в себе си! Само в себе си!

Също както при Изи, съкровището, което търсех, беше тук и никъде другаде.

„Никъде другаде – повтарях си непрекъснато. – Никъде другаде".

И тогава разбрах: никой не можеше да ми каже дали терапията „помага" или не. Само аз можех да знам дали „ми помага" и този отговор важеше само за мен (и само в този момент). Сега осъзнах, че бях прекарал голяма част от живота си, търсейки някой друг да ми каже какво е добро и какво – лошо. Търсех да видя себе си в погледа на другите. Търсех вън от себе си това, което всъщност винаги е било в мен, под собствената ми кухня.

Вече ми беше ясно, че терапията е само инструмент, с който да започна да копая на подходящото място, за да изровя скритото съкровище. А терапевтът е онзи войник, който по свой начин ти казва непрекъснато къде трябва да търсиш и повтаря неуморно, че е глупаво да търсиш извън себе си.

Объркването ми бе изчезнало и аз се почувствах щастлив и спокоен като Изи, разбирайки най-сетне, че съкровището е в мен самия, че винаги е било тук и че не мога да го изгубя.

ЗАРАДИ ЕДНА ДЕЛВА С ВИНО

По онова време сякаш всеки сеанс беше пряко свързан с предходния, като брънките на верига. Бях толкова доволен, че почти не можех да повярвам на нещата, които постепенно сам осъзнавах.

Учех се да изживявам откритията си с радост или с тъга, плачейки или смеейки се, но доволен, че съм по-близо от всякога до вътрешния си мир, до спокойствието на духа, до максималното доверие в собствените си сили, до това, което днес бих нарекъл „да бъдеш щастлив".

Всичко беше наред. Но изведнъж започнах да си мисля защо ми е да си изяснявам нещата, щом всички останали си живеят в пълно неведение и упорстват да си остане така. Почувствах се съвсем безсилен и започнах да се дразня. И продължих.

Дори да допусках, че бих могъл да понеса чувството, че съм някакъв марсианец, предизвикано от различията ми с другите, то за тях нямаше никакво значение, че за някого на този свят – или за десетина, за сто души – нещата са малко по-ясни.

Тогава се сетих за чичо ми Роберто. И той някога бе ходил на терапия. И както казваше, действала му добре. Много добре. Но няколко месеца след като започнал сеансите, казал на терапевта си: „Виж, да речем, че съм изминал една десета от пътя. Но през тези месеци, напредвайки с една десета, петдесет процента от хората, с които поддържах връзка, се отдръпнаха от мен. Аритметичната прогресия сочи приблизително, че като измина трийсет процента от пътя, девет от всеки десет мои приятели ще са ме изоставили. И всъщност не смятам, че си струва да си по-здрав, ако в резултат на това ще си посам и от Робинзон Крузо без Петкан. Благодаря за всичко и сбогом!".

С тези мисли отидох на сеанса онзи ден. Поставях под въпрос терапията, но най-вече ролята на терапевта. Не точно на *Дебелия*, който според мен си вдигаше акциите, а вече не вярвах изобщо на терапевтите.

– Колко време е нужно, за да се подготви един добър терапевт? Погледни себе си: без да смятаме началното и средното образование, си бил шест години в медицинския факултет, пет на специализация, три години курсове и обучение за психотерапевт, десет години терапия на личността, не знам колко години педагогическа терапия и както ми каза, не по-малко от десет години упражняване на професията, за да обогатиш теоретичната си подготовка с практически опит. Ох, уморих се да смятам!

– Не знам накъде биеш, но добави и това, че подготовката никога не свършва. Тя продължава и така трябва да бъде до безкрай.

– Значи смяташ, че съм прав. И всичко това, за да можеш да излекуваш стотина души през цялата си професионална практика, защото използваш по-кратки терапии. Иначе щяхме да говорим за двайсетина пациенти. Не си струва, Хорхе. От социална гледна точка е безсмислено.

– Някои от тези „дълги години на учене и подготовка", както казваш, посветих на четенето на приказки, написани от други хора, или на слушането на разкази, останали в наследство от народната мъдрост. И сега ще ти разкажа една от тези приказки, защото смятам, че ще свърши работа.

Имало едно време... друг цар.

Той бил владетел на малка страна, наречена княжество Увиландия*. Царството му било пълно с лозя и всичките му поданици се занимавали с правене на вино. Петнайсетте хиляди семейства, населяващи Увиландия, печелели достатъчно от износа за други страни, което им стигало да живеят доста добре, да плащат данъци и да си позволяват някоя и друга прищявка.

Царят следял от години финансите на царството. Бил справедлив и милозлив владетел и не искал да живее с чувството, че бърка в джобовете на жителите на Увиландия. Затова полагал големи усилия, за да намери начин да намали данъците.

Докато един ден го осенила прекрасна идея. Царят решил да премахне данъците. Като единствена дан, за да покрие разходите на държавата, щял да поиска веднъж в годината, когато виното се налива в бъчвите, всеки от поданиците му да отиде до градините на двореца с еднолитрова делва, пълна с най-доброто вино от реколтата, и да го изсипе в голяма бъчва, изработена за тази цел по същото време.

От продажбата на тези петнайсет хиляди литра вино щели да се получат парите, нужни за бюджета на короната, за разходи в здравеопазването и образованието на народа му.

С възвания и обяви по главните улици на градовете вестта обиколила цялото царство. Радостта на хората била неописуема. Във всяка къща възхвалявали царя и пеели песни в негова чест.

---

*От *uva* – грозде; лозе (исп.). – Б. пр.

По всички кръчми вдигали чаши и пиели за здравето и дълголетието на добрия цар.

Настъпил денят за отдаване на данта. Цяла седмица по махали и пазарища, по площади и църкви жителите си напомняли и си заръчвали едни на други да не пропуснат срещата. Гражданската солидарност била заслужен отговор за жеста на монарха.

Отрано започнали да се стичат семействата на винарите от цялото царство, всяко с делва, носена от главата на семейството. Един по един изкачвали високата стълба, водеща към огромната царска бъчва, изливали делвата и слизали по друга стълба, в подножието на която ковчежникът на царството поставял по един печат с царския герб на ревера на всеки селянин.

Следобед, когато и последният винар изсипал делвата си, се разбрало, че всички до един са го сторили. Огромната, петнайсет хиляди литрова бъчва била пълна. От първия до последния царски поданик, всички отишли навреме в градините и изсипали своя дял в бъчвата.

Царят бил доволен и горд. По заник-слънце, когато народът се сбрал на площада пред двореца, монархът излязъл на своя балкон, аплодиран от хората си. Всички били щастливи. Царят заповядал да му донесат малко от събраното вино в една красива кристална чаша, наследство от предците му. И докато донесат чашата, той заговорил:

– Прекрасни народе на Увиландия, както предполагах, всички жители на царството се стекоха днес в двореца. Искам да споделя с вас радостта на короната, защото се уверих, че предаността на народа към негови цар е равна на предаността на царя към народа му. А не виждам по-добър начин да го отбележа, освен да пия във ваша чест от първата чаша с това вино, което без съмнение ще е божествен нектар, букет от най-доброто грозде на света, минало през най-добрите ръце на света и залято с най-голямото богатство на царството – народната любов.

Всички плачели и приветствали царя.

Един от слугите подал чашата на царя и той я вдигнал, за да пие за народа, който го аплодирал въодушевено. Но от изненада ръката му застинала във въздуха: вдигайки чашата, царят видял, че течността в нея била прозрачна и безцветна. Той я доближил бавно до носа си, свикнал да долавя аромата на най-добрите вина, и установил, че няма и мирис. Като добър дегустатор, поднесъл почти машинално чашата към устните си и отпил глътка.

Виното нямало вкус нито на вино, нито на каквото и да било!

Царят наредил да му донесат втора чаша вино, после още една и накрая пожелал да вземат проба от горния отвор на бъчвата. Нямало грешка – все същото. Без мирис, без цвят и без вкус.

Спешно повикали алхимиците на царството, за да направят анализ на състава на виното. Те били единодушни: бъчвата била пълна с вода. С чиста вода. Сто процента вода.

Монархът заповядал начаса да свикат всички мъдреци и вълшебници в царството, за да намерят веднага някакво обяснение за тази мистерия. Какво заклинание, каква химична реакция или магия са направени за превръщането на тази смес от вина във вода?

Най-старият от държавните министри се приближил и му прошепнал на ухото:

– Чудо ли? Заклинание? Алхимия ли? Няма нищо такова, царю, нищо такова. Просто поданиците ви са човешки същества, Ваше Величество. Това е всичко.

– Не разбирам – отвърнал царят.

– Да вземем например Хуан – рекъл министърът. – Той има огромно лозе, ширнало се от хълма до реката. Гроздето, което получава, е от найдоброто качество в царството, а виното му се разпродава най-бързо, и то на най-добрата цена.

Тази сутрин, когато се готвел да слезе със семейството си в селото, му хрумнала идея: ами ако сипе вода вместо вино? Кой ще разбере разликата?

Една-единствена делва вода в петнайсет хиляди литра вино – никой няма да разбере! Никой!

И никой не би разбрал, но при едно условие, Ваше Величество, при едно условие.

Ако всички не си бяха помислили същото!

САМИ И ЗАЕДНО

Как успяваше Хорхе да прецени така времето за сеансите, че да приключи точно в края на всяка приказка? Как успяваше да ми вътлпи някоя идея, която после се въртеше цяла седмица в главата ми?

Понякога това ми се струваше чудесно. Имах седем дълги дни да мисля за разказа му, да го тълкувам по собствен начин и да търся поуката, която можех да извлека от тази приказка.

Друг път се дразнех, че не мога да стигна до същността на историята, която долавях интуитивно, но не можех да формулирам.

Но имаше и случаи, когато се държах глупаво. Щом излезех от кабинета, се мъчех да разбера какво е искал да ми каже *Дебелия* с този разказ. И следваше неизбежното: отивах на сеанса, за да разбера от Хорхе дали съм „познал" смисъла на приказката, и както се очакваше, *Дебелия* побесняваше.

– Има ли значение какво съм искал да кажа аз? Важното е каква е поуката за теб, ако изобщо има такава. Това не е учебен час и аз не оценявам с точки дали си познал или не, какво значи едно или друго нещо. По дяволите! С това, което съм казал, исках да кажа точно това, което казах; ако исках да кажа нещо друго, сигурно щях да кажа друго. Когато правиш така, Демиан, приказката ти служи само за да изпробваш егото си, да задоволиш суетата си. Мислиш си: „Аха, открих я. Аха, разбрах я. Аха, успях да позная поуката в разказа. Аха, аз съм идиот".

Какво ли не ми мина през ум с историята за виното, превърнало се във вода. Първо разбрах почти с облекчение, че позицията ми е погрешна. Че всъщност терапевтичната задача не свършва с мен или с когото и да е от пациентите. Ако използвам думите, които по-късно чух от *Дебелия*, „всеки човек, който израства, би могъл да бъде нещо като частен учител, малък маестро, детонатор на верижна реакция, която сама по себе си може да промени света".

И като мислех за това, стигнах до второто нещо: колко пъти аз и други като мен не смеем да направим нещо, защото смятаме, че няма смисъл да опитваме и че нищо не може да се промени. Защото кой ще забележи разликата, ако постъпя така, както в приказката?

Ако постъпя така...

И дори само още един човек да се осмели да мисли като мен, той сигурно ще изпита желание да се включи в това, което правя; или за по-скромно, някой би могъл да забележи, че то е различно, и да разбере, че човек може и по друг начин. Ако действам по начин, различен от обичайния, под форма, различна от тази на другите, може би с времето всичко ще се промени.

И си дадох сметка, че това се случва непрекъснато:

Хората не плащат данъци, защото – какво значение има?

Хората не са любезни, защото – кой ще обърне внимание?

Хората не са благоразумни, защото никой не иска да е единственият идиот.

Хората не се забавляват, защото е смешно да се хилиш сам.

Хората не излизат да танцуват на празник, докато други не го направят.

...И не сме по-глупави, защото не разполагаме с повече време.

Колко по-любезен, сърдечен, великодушен и приятен бих бил, ако можех да бъда верен на себе си, истински и винаги верен.

За това говорех с Хорхе тогава и колкото повече говорех и мислех, в мен все повече се оформяше идеята, без да я търся специално, да остана сам, сам и сочен подигравателно с пръст от другите...

Или още по-лошо, сам, дори и без този подигравателен пръст...

– Преди няколко години – започна *Дебелия* – написах едно есе, което започваше така: „Детеродният канал и ковчегът са две места, предназначени само за едно тяло".

А това, Демиан, според мен значи, че се раждаме и умираме сами. Тази идея, толкова ужасна от моя гледна точка, е може би най-трудното нещо, което трябваше да науча в процеса на собственото си израстване.

Но за щастие открих също, че съществуват и спътници: другари за по-кратко и такива за относително по-дълго време. А освен това съществуват и приятелите, любовта, братята – другари за цял живот.

– Знаеш ли, Хорхе? Това ми напомня за нещо, което четох веднъж за влюбените: „Не върви пред мен, защото няма да мога да те следвам. Не върви зад мен, защото мога да те загубя. Не върви под мен, защото мога да те настъпя. Не върви над мен, защото мога да реша, че ми тежиш. Върви до мен, защото сме равни".

– Да, Демиан, така е. Важното е да проумееш, че никой не може да извърви пътя вместо теб. Както и да осъзнаеш, че пътят е по-ползотворен, когато се изминава с някого.

Да разбереш кой си, да знаеш, че си единствен, различен и се разграничаваш от околния свят в чертога на собствената си кожа, не значи непременно да живееш самотно, да си огорчен или пък да си си самодостатъчен.

– Значи човек не може да живее без другите?

– Зависи какво смяташ, че трябва да изживееш във всеки момент, и кои са другите във всеки момент.

Един човек пътувал много. Посетил стотици знайни и незнайни страни в живота си.

Едно от пътуванията, за които си спомнял найчесто, било краткото му пребиваване в Страната на дългите лъжици. Озовал се той на границата ѝ съвсем случайно: по пътя от Увиландия за Параис имало малко отклонение към споменатата страна. И понеже обичал експериментите, поел по този път. Лъкатушещото шосе го отвело до огромна самотна къща. Като приближил до нея, забелязал, че сградата сякаш била от две пристройки: западно крило и източно крило. Паркирал колата си и отишъл до къщата. На вратата имало надпис, който гласял:

СТРАНА НА ДЪЛГИТЕ ЛЪЖИЦИ

В ТАЗИ МАЛКА СТРАНА ИМА САМО ДВЕ СТАИ, НАРЕЧЕНИ ЧЕРНА И БЯЛА. ЗА ДА Я ОБИКОЛИТЕ, ТРЯБВА ДА ТРЪГНЕТЕ ПО КОРИДОРА И КАТО СТИГНЕТЕ ТАМ, КЪДЕТО СЕ РАЗКЛОНЯВА, ДА ЗАВИЕТЕ НАДЯСНО, АКО ИСКАТЕ ДА ПОСЕТИТЕ ЧЕРНАТА СТАЯ, ИЛИ НАЛЯВО, АКО ИСКАТЕ ДА ВИДИТЕ БЯЛАТА СТАЯ.

Мъжът тръгнал по коридора и случайно завил първо надясно. Друг коридор, дълъг петдесетина метра, водел към огромна врата. Още с първите крачки той дочул воплите и стоновете, идващи от Черната стая.

За миг виковете и стенанията го накарали да се поколебае, но той решил да продължи напред. Стигнал до вратата, отворил я и влязъл.

Около огромна маса били насядали стотици хора. В средата на масата стояли най-отбраните гозби, които човек може да си представи, и въпреки че всички имали по една лъжица, за да стигнат до блюдото в центъра на масата, те умирали от глад! Причината за това била, че лъжиците – два пъти по-дълги от ръцете им, били вързани за китките им. По този начин всички можели да си вземат от храната, но никой не можел да я поднесе към устата си.

Положението било толкова отчайващо и виковете така сърцераздирателни, че мъжът се обърнал кръгом и побягнал.

Върнал се в централната част и поел по коридора вляво, към Бялата стая. Той бил съвсем същият като първия и водел към подобна врата. Единствената разлика била в това, че по него не се чували вопли и стонове. Като стигнал до вратата, пътникът натиснал дръжката и влязъл в стаята.

И тук стотици хора седели около една маса като онази в Черната стая. В средата ѝ също стояли отбрани гозби и всички имали по една дълга лъжица, вързана за китката им.

Но тук никой не стенел и не ридаел. Никой не умирал от глад, защото си подавали храна един на друг!

Мъжът се усмихнал, извърнал се и излязъл от Бялата стая. И щом чул как вратата хлопва, в миг се озовал като по чудо в собствената си кола на път за Параис.

ГЛУХАТА СЪПРУГА

Още със сядането започнах да говоря. Този ден бях съвсем наясно над какво искам да поработим: за споровете с приятелката ми.

– Мисля, че Габриела е откачила.

– Какво ѝ е?

– Откачила е... Загубила си е ума, побъркала се е, пощръкляла е...

– За...?

– Цяла седмица се караме за ваканцията. Всъщност тя иска да прекараме цял месец в Уругвай с родителите ѝ, които ни поканиха. А аз не искам да ходя, защото предпочитам да прекарам ваканцията в Аржентина с едни приятели от клуба. Знам, че ще ѝ бъде много по-добре в Аржентина, но се е заинатила за Уругвай. А ако има нещо, което ме изкарва от нерви, то е, когато Габриела се заинати така. Колкото повече се запъва тя, по-вироглав ставам и аз. Докато в един момент спирам да говоря с нея, защото имам чувството, че изобщо не може да мисли или да чуе друго мнение.

– И защо предпочита да отиде в Уругвай?

– Просто така. Прищявка.

– Но тя не казва, че е прищявка. Или го казва?

– Не, тя казва, че иска да иде в Уругвай.

– И не си я питал защо?

– Е, разбира се, че я питах, но вече не помня каква глупост изтърси.

– Кажи, Демиан, щом не знаеш какво ти е отвърнала, как можеш да твърдиш, че е глупост?

– Защото, когато Габриела си науми нещо, не знае какво говори и не се съобразява с нищо. Не я интересува какво казва другият и единственото, което разбира, са собствените ѝ аргументи.

– Не я интересува какво казваш ти.

– Да.

– Казва например, че говориш глупости или че си твърдоглав...

– Точно така.

– Или че това са прищевки.

– Да, и това. Откъде зна...?

– Вчера ми разказаха един виц.

Един човек се обажда на домашния си лекар.

– Рикардо, аз съм, Хулиан.

– О, здравей! Какво има, Хулиан?

– Ами виж, обаждам ти се, защото се притеснявам за Мария.

– Но какво ѝ е?

– Започва да оглушава.

– Как така да оглушава?

– Да, наистина. Трябва да дойдеш да я видиш.

– Добре, но човек обикновено не оглушава изведнъж, не е и болезнено. Доведи я в понеделник в кабинета ми, ще я прегледам.

– Да не мислиш, че можем да чакаме до понеделник?

– Как разбра, че не чува?

– Ами... като я викам, не отговаря.

– Виж, може да е заради някаква дреболия, нещо като тампон в ухото. Ето какво ще направим: ще разберем до каква степен е глуха Мария. Ти къде си сега?

– В спалнята.

– А тя къде е?

– В кухнята.

– Така. Извикай я оттам.

– Марияааааа...! Не, не чува.

– Добре. Иди до вратата на спалнята и я извикай от коридора.

– Марияааааа...! Не, изобщо не чува.

– Чакай, не се отчайвай. Вземи безжичния телефон, тръгни към нея по коридора и я викай, за да видиш кога ще те чуе.

– Марияааааа...! Марияааааа...! Марияааааа...! Няма начин. До вратата на кухнята съм и я виждам. С гръб е към мен и мие чиниите, но не ме чува. Марияааааа...! Нищо.

– Приближи се още.

Мъжът влиза в кухнята, приближава се до Мария, слага ръка на рамото ѝ и крещи в ухото ѝ:

– Марияааааа...!

Побесняла, жена му се обръща и му вика:

– Какво искаш? Какво искаш, какво искаш, какво искаааааш...?! Вече десет пъти ме повика и десет пъти ти отвърнах „какво искаш“. С всеки ден ставаш все по-глух, не разбирам защо просто не отидеш на лекар...

– Това е проекция, Демиан. Добре ще е винаги, когато виждаш нещо у другия, което те дразни, да се сещаш, че то е най-малкото (най-малкото!) и в теб.

Е, да продължим с твоя проблем... Та какво казваш за прищевките на Габриела?

НЕ СМЕСВАЙ НЕЩАТА!

– Габриела все се оплаква, че не познава приятелите ми. Все иска да я запозная с момчетата и момичетата от факултета. До гуша ми е дошло!

– А ти запознаваш ли я с колегите от факултета?

– Не я крия. Ако срещнем някого на улицата или на купон, я представям. Но тя иска да влезе в моя кръг.

– Което, доколкото разбирам, ти не искаш.

– Е... зависи...

– От какво зависи?

– Откъде да знам. Зависи. Ако всичко стане естествено, добре. Но да насилвам нещата – не.

– Подиграваш ли се с мен? Какво значи да насилваш нещата? Да има купон с колегите от факултета, да те поканят и да отидеш с приятелката си ли? Това ли е да насилваш нещата?

– Да, разбира се. Тя няма нищо общо с тях. Никой не я познава.

– Прилича ми на подигравка, Демиан. Имах братовчед, който, преди да обядва и да вечеря, изяждаше по един сандвич, защото казваше, че не можел да хапне нищо на празен стомах.

– Не виждам връзката между тая смешка и моя случай.

– Не, днес не виждаш връзка с нищо. Казваш ми, че мястото на Габриела не е при приятелите ти, защото не я познават, а не ѝ даваш възможност да се запознае с тях...

– ...

– Защо, Демиан?

– Защото са много различни и...

– Защо?

– Защото Габриела...

– Защо, Демиан, защо?

– Защо ли? За да не смесвам нещата.

– Какво искаш да кажеш?

– Много просто, не искам да смесвам тези два вида отношения... И не мисли, че ми е лесно. Не само Габриела се сърди. Всъщност споря и с приятелите си от факултета, които също настояват да водя Габриела. Никой не разбира, че искам всеки да си знае мястото: едното е едно, а другото – друго.

– Я ми кажи: едното и другото нещо, както и всичко останало, не е ли в самия теб?

– Да, в мен е. Но извън мен не искам да ги смесвам.

– Защо не искаш да ги смесваш?

– Не знам, Хорхе, но не искам да ги смесвам.

– И не ти е за пръв път, нали?

– Как така не е за пръв път?

– Ами да, и друг път си ми казвал колко е важно за теб да не смесваш нещата.

– А, да. Мисля, че веднъж ти казах, че не искам да смесвам семейството с приятелите си, хората от клуба с колегите от факултета и не знам още какво.

– Наистина може и да има полза да се мъчиш да държиш всяко нещо, което притежаваш, на отделно място. Но смятам, че да подреждаш събитията и хората в живота си така, че никога да не се срещат, е твърде уморително и понякога, бих казал, дори опасно.

– Защо опасно?

– Защото ми се струва, че като слагаш прегради и ограничения, другите започват да се притесняват за собственото си място и държат да им дадеш възможност да споделят нещата с теб, най-вече онези, които са важни.

– Това е техен проблем, не мой.

– Не бъди груб. Сигурно е техен проблем, но точно ти трябва да знаеш, че другият се чувства пренебрегнат, отблъснат и унизен. А това е опасното. Може би, като „не смесваш нещата", дори обиждаш другите и като слагаш прегради, проваляш връзката си с тях.

– Мисля, че го правя само с различните групи приятели, защото те наистина нямат общо помежду си.

– Демиан, няколко месеца след като започна терапията, ти влезе във факултета, беше останал без пари и не искаше да вземеш от родителите си. Помниш ли? Аз, естествено, ти предложих да ти заема до следващия месец или докато получиш. Нали?

– Да.

– И помниш ли какво стана?

– Да. Не приех предложението.

– Помниш ли какво ми отговори?

– Не, не помня.

– Каза ми, че си изненадан, че ми благодариш, но не искаш „да смесваш нещата". Не ти ли звучи познато?

– Да, но ти не се почувства нито унизен, нито отблъснат и тям подобни...

– Сигурен ли си?

– ...почти.

– Лъжеш. Изобщо не си сигурен.

– Виж, с теб не съм сигурен дори как се казвам.

– Мога да те уверя, Демиан, че понякога не е важно доколко разбираш нещата. Когато предложиш помощ на някого от сърце и той я отхвърли, защото е глупав, горд или просто така, не ти става весело. Първото, което ти идва наум, е да го пратиш по дяволите.

– Вярно е. Разбирам.

– За разнообразие ще ти разкажа една приказка.

Имало някога един човек, чийто слуга бил много глупав. Мъжът не бил толкова стиснат, че да го изгони, нито толкова щедър, че да го издържа, без да върши нищо (най-доброто, което можеш да направиш за един глупак!). И така човекът се мъчел да му дава прости заръки, та глупакът „да е полезен с нещо“. Един ден го извикал и му рекъл:

– Иди до магазина и купи една ока брашно и една ока захар. С брашното ще омесим хляб, а със захарта ще направим сладки, затуй внимавай да не ги смесиш. Чу ли? Да не ги смесиш!

Слугата се напънал да запомни заръката: една ока брашно, една ока захар и да не ги смесва... Да не ги смесва! Взел един поднос и тръгнал за магазина.

По пътя си повтарял наум: „Една ока брашно и една ока захар, но да не ги смесвам“.

Така стигнал до магазина.

– Дайте ми една ока брашно, господине.

Продавачът загребал една ока брашно с мярата и я извадил пълна. Слугата подал подноса и търговецът изпразнил мярата върху него.

– И една ока захар – рекъл слугата.

Продавачът взел отново мярата, бръкнал с нея в големия сандък и я извадил, този път пълна със захар.

– Да не се смесят! – обадил се слугата.

– Ами тогава къде да сипя захарта? – запитал продавачът.

Слугата се замислил за миг и докато мислел (което му коствало доста труд), прокарал ръка по обратната страна на подноса и видял, че е празна. Тъй че решил и тутакси рекъл: „Тука“. Обърнал подноса и разбира се, изсипал брашното.

Слугата си тръгнал доволен за вкъщи: една ока брашно, една захар и да не се смесват.

Когато стопанинът го видял да влиза с подноса със захарта, го попитал:

– Ами брашното?

– Да не се смесват! – отвърнал слугата. – Ето го! – Обърнал бързо подноса... и изсипал и захарта.

КРИЛЕТЕ СА, ЗА ДА ЛЕТИШ

Този ден Хорхе ме чакаше с готова приказка.

Когато синът пораснал, бащата му рекъл:

– Сине, не всички се раждаме с криле. Вярно е, че не си длъжен да летиш, но мисля, че ще е жалко само да ходиш, щом добрият Господ ти е дал криле.

– Но аз не знам да летя – отвърнал синът.

– Така е... – казал бащата.

И както вървели, стигнали до ръба на планинската пропаст.

– Виждаш ли, сине? Това е пропаст. Като ти се прииска да летиш, ела тук, поеми си дъх, подскочи и като разпериш криле, ще полетиш.

Синът се поколебал.

– Ами ако падна?

– И да паднеш, няма да се пребиеш. Само ще се поожулиш и ще станеш по-силен за следващия опит – отвърнал бащата.

Синът отишъл в селото да се види с приятелите си, с другарите си, с които вървял рамо до рамо в живота.

Най-тесногръдите му рекли:

– Да не си луд? За какво ти е? Баща ти нещо е откачил... Защо ти е да летиш? Зарежи тия глупости! На кого му е притрябвало да лети?

Най-добрите приятели го посъветвали:

– Ами ако е вярно? Не е ли опасно? Защо не започнеш постепенно? Опитай да се хвърлиш от някоя стълба или от клоните на някое дърво. Но... от върха?

Момъкът послушал съвета на тези, които го обичали. Покатерил се на едно дърво и като набрал кураж, скочил. Разперил криле, размахал ги с всички сили във въздуха, но за съжаление, паднал на земята.

С голяма цицина на челото отишъл при баща си.

– Ти ме излъга! Не мога да летя. Опитах и виж как се ударих! Не съм като теб. Моите криле са само за красота.

– Сине – отвърнал му бащата. – За да полетиш, ти е нужно пространство да размахаш криле. То е като да скочиш с парашут: нужна е височина.

За да полетиш, трябва да си готов да рискуваш.

Ако не искаш, може би е по-добре да се примириш завинаги и да продължиш да ходиш.

КОЙ СИ ТИ?

Бях работил много сериозно над себе си. Съветван от терапевта си и въодушевен от желанието да открия всичко за собствената си личност, прекарвах голяма част от свободното си време, размишлявайки за живота си, за новите и старите си чувства, за спомените и как Хорхе ме беше научил „да разбирам", че все повече ще се изненадвам.

Но не всичко бе така розово. Някои от мислите, които се въртяха в главата ми, и най-вече някои чувства, които не можех да овладея, ме караха да се натъжавам и да се чувствам потиснат.

С такива мисли отидох в кабинета на Хорхе в деня, когато той ми прочете своята версия на разказа на Джовани Папини „Кой си ти?".

По това време целият свят ми беше крив. Не знаех какво става, но имах чувството, че не мога да имам доверие на другите. Не знаех дали аз не умеех да си избирам приятелите, или всъщност хората не оправдаваха очакванията ми...

Работата е там, че винаги съм се чудел как може да чакаш някого, а той изобщо да не дойде, или срещите ти да се провалят в последния момент, защото някой не е предвидил нещо си, или в повечето случаи да висиш безкрайно там, където сте се уговорили с приятели, а те да нямат никакво намерение да дойдат навреме...

И ето разказа, който моят терапевт ми прочете.

Този ден Синклер стана, както винаги, в седем сутринта. Затътри, както винаги, пантофи към банята и след като взе душ, се избръсна и парфюмира. Облече, както обикновено, модните си дрехи и слезе до входа да вземе пощата си. Там го посрещна първата изненада за деня – нямаше писма!

През последните години кореспонденцията му постепенно растеше и това бе важно за връзката му със света. Малко разочарован от вестта за липсата на вести, той изяде обичайната закуска от ядки с мляко (както препоръчваха лекарите) и излезе от дома си.

Всичко си беше, както винаги: същите коли се движеха по познатите улици на града и вдигаха същия шум, от който се оплакваше всеки ден. Както пресичаше площада, едва не се сблъска с професор Ексер – стар познат, с когото обикновено разговаряше с часове на отвлечени метафизични теми. Махна му с ръка за поздрав, но професорът сякаш не го позна. Извика го по име, но той вече се бе отдалечил и Синклер помисли, че не го е чул. Денят беше започнал зле и май вървеше на по-зле с нарастващата досада в душата му. Той реши да се върне вкъщи, към книгите и изследванията си, и да чака писмата, които сигурно щяха да бъдат още повече, щом сутринта не бе получил никакви.

Тази нощ мъжът не спа добре и се събуди много рано. Слезе и докато закусваше, започна да дебне през прозореца кога ще дойде пощальонът. Най-сетне го видя на ъгъла и сърцето му подскочи. Но пощальонът мина пред дома му, без да спира. Синклер излезе и го повика, за да провери дали няма писма за него, но човекът го увери, че в чантата му няма нищо за този адрес, че пощите не стачкуват и че няма проблеми с разнасянето на писма в града.

Това съвсем не го успокои, напротив, още повече го притесни. Нещо ставаше и трябваше да разбере какво е. Облече си сакото и се отправи към дома на своя приятел Марио.

Щом пристигна, каза на иконома да съобщи за него и зачака в хола своя приятел, който скоро се появи. Синклер се спусна към домакина, протегнал ръце, но той го попита само:

– Извинете, господине, познаваме ли се?

Мъжът помисли, че това е шега, засмя се насила и настоя домакинът да му предложи чаша алкохол. Резултатът беше ужасен: онзи повика иконома и му нареди да изгони непознатия, при което Синклер си изпусна нервите и започна да крещи и да ругае, предизвиквайки още повече здравеняка да го изхвърли на улицата...

По пътя за вкъщи срещна други съседи, които не му обърнаха внимание и се държаха така с него, сякаш беше някой непознат.

И мъжът биде обсебен от следната мисъл: срещу него имаше заговор и той бе допуснал някаква грешка спрямо това общество, щом сега то го отхвърляше така, както преди часове го почиташе. Но колкото и да мислеше, не можеше да се сети за нищо, което би могло да се изтълкува като обида, а още по-малко за нещо, което да засегне цял град.

Синклер остана в дома си още два дни, очаквайки кореспонденцията, която така и не получи, или тръпнейки в очакване някой приятел, озадачен от отсъствието му, да дойде, да почука на вратата му и да го попита как е. Но нищо не се случи, никой не припари до дома му. Жената, която му чистеше, отсъстваше, без да предупреди, и телефонът не звънеше.

На петата вечер, пийнал малко повече, Синклер реши да отиде до бара, където обикновено се срещаше с приятели и си говореха разни глупости. Щом влезе, той ги видя в ъгъла, на масата, на която обикновено сядаха. Дебелият Ханс разказваше все същия стар виц и всички пак му се смееха. Мъжът придърпа един стол и седна. В миг настъпи гробна тишина, която показваше какъв досадник за тях е новодошлият. Синклер не издържа повече.

– Мога ли да знам какво ви става на всички? Ако съм направил нещо, което ви е подразнило, кажете ми и да се разберем, но не се дръжте така, защото ще полудея.

Всички се спогледаха озадачени, но и раздразнени. Един от тях завъртя показалец на слепоочието си, давайки диагноза на непознатия. Мъжът отново настоя за обяснение, после започна да се моли и накрая падна на земята, умолявайки ги да му кажат защо му причиняват това.

Само един от тях му отвърна:

– Господине, никой от нас не ви познава, така че нищо не сте ни сторили. Всъщност дори не знаем кой сте.

Сълзи бликнаха от очите му и той излезе от бара и се затътри унизен към дома си. А краката му сякаш тежаха по един тон.

Влезе в стаята си и се хвърли на леглото. Без да знае как, нито защо, се бе превърнал в някакъв непознат, в никой. Нямаше го вече в бележниците на хората, с които си кореспондираше, нито в спомените на познатите, да не говорим за чувствата на приятелите. В главата му се набиваше като с чук въпросът, който всички му задаваха и който самият той започваше да си задава: „Кой си ти?“.

Можеше ли всъщност да отговори на този въпрос? Знаеше името си, адреса, номера на ризата си, номера на личната си карта и някои и други данни за пред хората. Но освен всичко това, кой беше наистина той дълбоко в себе си? Държанието му, влеченията, склонностите и мислите му бяха ли негови? Или както много други неща, бяха само стремеж да не разочарова онези, които очакваха от него да бъде човекът, когото познават? Май започваше да му просветва: щом е никой, значи не е длъжен да се държи по определен начин. Каквото и да направи, реакцията на другите към него няма да се промени. И за пръв път от толкова време откри нещо, което го успокои: бе изпаднал в такова положение, че можеше да се държи както си иска, без да чака одобрението на околните.

Пое си дълбоко дъх и усети как въздухът нахлува в дробовете му, сякаш се е възродил. Осъзна, че кръвта тече във вените му, че сърцето му бие, и се изненада, че за пръв път

НЕ ТРЕПЕРЕШЕ.

И след като най-сетне вече бе разбрал, че е сам, че винаги е бил сам, и разчиташе само на себе си, сега можеше да се разсмее или да се разплаче... Но заради себе си, не заради другите. Вече знаеше:

СОБСТВЕНИЯТ МУ ЖИВОТ НЕ ЗАВИСЕШЕ ОТ ДРУГИТЕ.

Беше разбрал, че е трябвало да остане сам, за да открие себе си...

Заспа спокойно и дълбоко и сънува прекрасни сънища.

Събуди се в десет сутринта и видя, че в този миг един слънчев лъч прониква през прозореца и осветяваше красиво стаята му.

Без да се къпе, слезе по стълбите, тананикайки си някаква песен, която никога не бе чувал, и откри нещо под вратата – голяма купчина писма, адресирани до него.

Жената, която почистваше, беше в кухнята и го поздрави, сякаш нищо не се бе случило.

А вечерта в бара като че ли никой не помнеше онази странна нощ на лудост. Поне никой не сметна за нужно да каже нещо по въпроса.

Всичко бе отново както преди... но не и той,

за щастие,

той,

който никога вече нямаше да се моли някой да го забележи,

за да се увери, че е жив,

той,

който никога вече нямаше да търси мнението на другите за себе си,

той,

който никога вече нямаше да се страхува, че ще бъде отхвърлен.

Всичко беше същото,

но този човек вече

никога нямаше да забрави кой е.

– Този разказ е за теб, Демиан – продължи *Дебелия*. – Когато не осъзнаваш зависимостта си от чуждото мнение, живееш, треперейки да не би да бъдеш отхвърлен от другите, от които си се научил да се страхуваш.

А цената, която трябва да платиш, за да не се страхуваш, е да се подчиниш и да станеш това, което онези, „дето толкова ни обичат", ни налагат да бъдем, да правим и да мислим.

Ако имаш „късмет" като героя на Папини и изведнъж светът ти обърне гръб, нямаш друг изход, освен да разбереш колко безсмислена е борбата ти.

Но ако това не стане
и „за нещастие" си харесван и обсипван с хвалби, тогава...
остава ти само едно:
чувството за лична свобода
сам да решаваш:
покорство или самота;
притиснат от дилемата да си това, което ***трябва***,
или ***да бъдеш никой***.
И от този миг...
можеш просто ***да бъдеш***
сам, но ***самият себе си***.

ДА ПРЕКОСИШ РЕКАТА

– Вкиснат съм...!

– Какво става?

– Ами оттук трябва да отида у един приятел да му занеса едни записки, които му трябват... а живее много далече.

– Слушай, Демиан...

– Да, знам – прекъснах го аз, – ще ми кажеш, че нищо не „трябва“... че го правя, защото искам, че изборът е мой и тям подобни... знам.

– Разбира се, ти решаваш.

– Да, аз решавам. Но се чувствам задължен.

– Много добре. Аз не споря дали се чувстваш задължен, не оспорвам и причината да се чувстваш задължен. Но все пак се съмнявам, че знаеш защо се чувстваш така.

– Знам. Хуан е страхотен и винаги когато имам нужда от нещо, е готов да ми помогне. Струва ми се, че не мога да го отрека.

– Виж, за можене – можеш. И все пак въпросът е, че...

– ...че ми пука какво ще си помисли Хуан за мен.

– Не, още по-лошо. Пука ти какво ще си помислиш ти за себе си.

– Аз ли? Ще се почувствам като гадняр.

– Независимо какъв ще си, ако не му занесеш записките, не се ли чувстваш вече гадно просто защото те мързи да отидеш?

– Да, мисля, че е така.

– Това е проблемът при чувството за вина. Хората страдат и си вгорчават живота, защото по дванайсет часа на ден се чувстват виновни, че са такива, каквито са. А през другите дванайсет часа вгорчават живота на някой друг, казвайки му какво да прави.

– Е, сега вече нищо не разбирам.

– Може би така е най-добре. Защото, като не разбираш нищо, ще има на какво да се учиш.

Моментите, когато Хорхе започваше да философства и ставаше ироничен, а аз не знаех дали говори на мен, или размишлява пред мен за бъдещето на човечеството, бяха най-трудни за понасяне.

Независимо защо го правеше – за себе си, за мен или за науката, истината е, че макар да знаех, че по-късно всичко това ще ми е от полза, ми се искаше да се махна. Не издържах повече: нито терапията, нито напредъка, нито нищо. Исках да се махна...

Единственото, което ме спираше, бе споменът, че веднъж го бях правил и в крайна сметка стана още по-лошо, защото си тръгнах объркан и не можех да правя нищо, докато не преодолях това чувство.

Тогава ми разказа следната притча, за която винаги се сещам в подобни моменти, защото ми напомня колко е важно да не оставяш нещата наполовина и колко е опасно в главата ти да се въртят нерешени въпроси.

Имало някога двамина дзен монаси, които вървели през гората на път за манастира си. Като стигнали до реката, видели клекнала на брега жена, която плачела. Била млада и симпатична.

– Какво се е случило? – попитал я по-възрастният.

– Майка ми умира. Сама е вкъщи на другия бряг на реката, а аз не мога да я премина. Опитах се – продължила младата жена, – но течението ме повлича и без чужда помощ няма да стигна до другия бряг... Помислих си, че няма да я видя вече жива. Но сега... След като вие сте тук, сигурно някой от двамата ще ми помогне.

– Дано успеем – рекъл угрижено по-младият. – Но единственият начин да ти помогнем е да те пренесем през реката, а според обетите ни за целомъдрие всеки допир до човек от другия пол ни е забранен... Забранено ни е... Съжалявам.

– И аз съжалявам – отвърнала жената и продължила да плаче.

По-старият коленичил, навел глава и рекъл:

– Качи се.

Жената не можела да повярва, но тутакси грабнала вързопчето си с дрехи и яхнала монаха.

Следван от младия си спътник, той прекосил доста трудно реката.

Като стигнали до другия бряг, жената слязла от гърба на стария монах и понечила да му целуне ръцете.

– Няма нужда, няма нужда – казал старецът, отдръпвайки ги, – върви си по пътя.

Жената се поклонила смирено, с благодарност, взела си дрехите и забързала към селото.

Без да продумат, монасите поели отново към манастира. Оставали им още десет часа път...

Малко преди да стигнат, младият рекъл на стария:

– Учителю, знаете по-добре от мен обетите ни за въздържание. И все пак пренесохте тази жена през широката река.

– Аз я пренесох през реката, така е. Но какво става с теб, че още я носиш на гърба си?

ДАРОВЕ ЗА МАХАРАДЖАТА

– Виж, Демиан, чудесно е да занесеш записките на приятеля си; идеално е, ако освен това го направиш с удоволствие; разумно е да не се вълнуваш толкова, но защо ще се вкисваш? Не мисля, че Хуан ще вземе изпита, като учи от тези записки!

– Какво общо има това?

– Нищо, шегувам се. Мислех си, че ти е „кофти", както казвате вие.

– Не знам защо ми го натякваш, щом вече ти казах, че ще му ги занеса.

– Натяквам ти, за да разбереш как стигаш до тези състояния. Да ти разкажа ли една приказка?

Един махараджа, прочут с мъдростта си, навършил сто години. Събитието било посрещнато с голяма радост, защото всички обичали много своя владетел. В двореца подготвили голям празник за тази нощ, на който били поканени разни велможи от царството и от други страни.

Настъпил денят и пред залата, където махараджата щял да приеме гостите, се натрупала планина от дарове.

По време на вечерята махараджата наредил на слугите да разделят даровете на две групи: тези, които имат подател, и тези, за които не знаели кой ги праща.

Накрая царят заповядал да донесат всички дарове от двете купчини. Едната, със стотици големи и скъпи подаръци, а другата – по-малка, само с десетина дара.

Махараджата започнал да отваря даровете от първия куп и да вика тези, които са ги изпратили. Карал всеки от тях да се качи до трона и му казвал: „Благодаря ти за подаръка, връщам ти го и нека бъде както досега“. И му връчвал подаръка, независимо какъв бил той.

Когато свършил с първия куп дарове, той се приближил до втория и рекъл: „Тези дарове нямат подател. И аз ще ги приема, защото не ме задължават с нищо, а на моята възраст не е хубаво да оставам длъжник“.

– Винаги когато получаваш нещо, Демиан, в твоето съзнание или в съзнанието на другия този дар може да се превърне в дълг. Ако е така, по-добре да не приемаш нищо.

Но ако можеш да даваш, без да чакаш отплата, и да получаваш, без да се чувстваш задължен, тогава можеш да даваш или да не даваш, да получаваш или да не получаваш, но никога няма да се чувстваш длъжен. И най-важното: никой няма да ти остане длъжник, защото никой няма да ти дължи нищо.

Когато Хорхе млъкна, лошото ми настроение бе изчезнало. Разбрах, че не съм длъжен да нося записките на приятеля си. Разбрах, че Хуан ми е помагал, без да чака нищо в замяна. И още нещо: ако го беше правил, за да му бъда длъжник, щеше да е жалък и нямаше да искам да му върна жеста. А така не му дължах нищо и можех да постъпя както желая.

Затова целунах Хорхе и отидох да занеса записките на Хуан.

В ТЪРСЕНЕ НА БУДА

Понякога се питах дали в основата си философията на гещалтизма не е твърде егоистична.

Явно тази идеология предоставяше такава свобода, че всеки можеше да реши да тормози останалите – и според тях това би било нормално. Човек можеше да си живее без никакви проблеми с чувството, че е център на света.

В крайна сметка излизаше, че според гещалтпсихологията ценностите, в които бяхме възпитани, не се смятаха за такива.

Затова попитах *Дебелия*.

– Вярно е – отвърна ми той, – понякога изглежда така.

– А не е ли?

– Да, така е... Затова изглежда по този начин.

– Много хитро...!

– Да, наистина е така. Не знам за гещалтпсихологията, но във всеки случай аз смятам, че човек трябва да е такъв, какъвто е, дори думите „какъвто е" да означават отрепка.

– И предпочиташ да живееш сред отрепки?

– Не, но представи си какво ще стане, ако всеки е такъв, какъвто е. Точно такъв, какъвто е...

Мисля, че ще стане следното: ония, които са отрепки, ще си останат такива и няма да има смисъл да се променят. Но онези, които се държат като отрепки само защото се мъчат да се оправят в живота, ще станат много приятни хора... И ако това не ти стига, добродушните хора ще престанат да си задават въпроси и ще имат много време да вършат нещата както трябва.

– Но в крайна сметка излиза същото.

– Не, не е същото. Възпитани сме, че трябва да се научим да сме отзивчиви. А аз мисля, че на отзивчивите трябва да се даде възможност да се проявят като такива.

– И ако научим хората да го правят?

– Може да е полезно, но никой не трябва да бъде насилван да е отзивчив. Все едно да преливаш от пусто в празно... Не ми допада.

– Но нали има по-добри и по-лоши хора. Има егоизъм и отзивчивост, добро и зло.

– Възможно е, но аз предпочитам да смятам, че всеки лети на различна височина. Предпочитам да смятам, че крачейки по света, напредваме все повече. Че малцина могат да летят – като учителите; а други, още по-малко на брой, летят много високо – като мъдреците; за жалост обаче има и такива, които пълзят. Това са хора, на които въобще не им идва наум да вдигнат глава от земята и които ние с теб наричаме лоши хора.

А дори да приемем, че не всички имат криле, мисля, че всеки може да поеме по собствения си път – или да се опита да израсне, за да набере височина. Но лудите са си луди; вместо да летят по-високо, някои хора се мъчат да се катерят, за да изглеждат по-високи. А колкото и да е странно, има и такива, които се заравят все по-дълбоко в земята да търсят не знам какви отговори.

– Все пак ми се струва, че всичко зависи от това колко висока е целта.

– Не знам. Да ти разкажа ли една приказка?

Буда бродил по света и се срещал с онези, които сами се наричали негови ученици, за да им говори за истината.

Хората, които му вярвали, се стичали по пътя му със стотици да го чуят, да го пипнат, да го зърнат може би само веднъж в живота си.

Четирима монаси, които научили, че Буда ще отиде в град Ваали, натоварили багажа си на мулета и тръгнали на път, който щели да извървят за няколко седмици, ако всичко бъде наред.

Единият от тях не познавал добре пътя за Ваали и следвал другите.

След три дни път ги застигнала страшна буря. Монасите побързали да влязат в едно село, където се подслонили, докато бурята отмине.

Но последният не стигнал до селото и трябвало да подири подслон в дома на един овчар. Овчарят му дал постеля, храна и подслон да прекара нощта.

На сутринта, когато монахът се приготвил да тръгне, отишъл да се сбогува с овчаря. Като наближил кошарата, видял, че овцете са се разпръснали от бурята и стопанинът се мъчел да ги събере.

Монахът си помислил, че братята му сигурно са напуснали вече селото и ако не тръгне веднага, ще се отдалечи много от тях. Но не можел да продължи по пътя си и да зареже овчаря в беда. Затова решил да остане с него, докато не съберат животните.

Така минали три дни, след което поел на път, бързайки да настигне братята.

Следвал стъпките на другите и спрял в някаква ферма да се запаси с вода.

Една жена му показала къде е кладенецът и се извинила, че не може да му помогне, защото трябвало да събира реколтата си... Докато монахът поял мулетата и пълнел меховете с вода, жената му разправила, че след смъртта на мъжа ѝ на нея и на дечицата ѝ им било много трудно да прибират цялата реколта, преди да се е похабила.

Монахът разбрал, че жената няма да успее да събере реколтата навреме, но знаел и че ако остане, ще загуби следите на братята и няма да стигне във Ваали, за да види Буда.

„Ще го видя по-късно“, помислил си той, защото знаел, че Буда ще остане няколко седмици във Ваали.

Прибирането на реколтата траяло три седмици и щом си свършил работата, монахът поел отново на път.

По пътя научил, че Буда не е вече във Ваали, а е тръгнал за едно село пò на север.

Монахът сменил посоката и се отправил към това село.

Можел да стигне навреме, макар и само за да го зърне, но по пътя трябвало да помогне на едни старци, мъж и жена, да не ги отнесе реката, защото, ако не бил той, ги чакала сигурна смърт. Щом старците се съвзели, тръгнал отново на път, знаейки, че и Буда продължава по пътя си...

Цели двайсет години следвал монахът пътя на Буда... Винаги когато бил съвсем близо, се случвало нещо, което го забавяло. Все се явявал някой, който имал нужда от помощта му, и без да иска, пречел на монаха да стигне навреме.

Накрая той узнал, че Буда е решил да отиде да умре в родния си град.

– Този път – рекъл си – имам последна възможност. Ако не искам да умра, без да съм видял Буда, не трябва да се отклонявам от пътя. Сега най-важното е да видя Буда, преди да умре. После ще имам време да помагам на другите.

И с последното си муле и малкото си запаси тръгнал отново на път.

В навечерието на пристигането си в града едва не се препънал в един ранен елен, легнал насред пътя. Помогнал му, дал му да пие вода и намазал раните му с прясна кал. Еленът едва дишал и отварял муцуна, защото не му достигал въздух.

„Някой трябва да остане при него – помислил си монахът, – та аз да продължа по пътя си“.

Но не виждал никого.

Настанил много внимателно животното до една скала, оставил му вода и храна до муцуната и се приготвил да тръгне.

Но едва направил две крачки – и почувствал, че не може да се появи пред Буда, след като дълбоко в сърцето си знае, че е оставил сам един беззащитен смъртник...

Тъй че разтоварил мулето и останал да се грижи за животното. Цяла нощ бдял над него, сякаш се грижел за собствения си син. Давал му да пие вода и сменял кърпите на челото му.

На зазоряване еленът се оправил.

Монахът се надигнал, отишъл да седне повстрани и заплакал, защото накрая бил пропуснал и последната възможност.

– Никога вече няма да те видя – рекъл на глас.

– Стига си ме търсил – отвърнал един глас зад гърба му, – защото вече си ме намерил.

Монахът се обърнал и видял как еленът се изпълва със светлина и придобива окръглените форми на Буда.

– Щеше да ме изгубиш, ако ме беше оставил да умра тази нощ, за да отидеш да ме видиш в града... А колкото до смъртта ми, не се бой: Буда не може да умре, докато има хора като теб, способни да следват пътя му с години и да се жертват заради другите. Това е Буда. И той е в теб.

– Мисля, че разбирам. Една сравнително висока цел може да стане стимул, за да полетиш по-високо, но може да служи и като оправдание за онези, които пълзят.

– Да, Демиан, така е.

УПОРИТИЯТ ДЪРВАР

– Не знам какво става, Хорхе. Но във факултета нещо не върви, както бих искал.

– Какво значи това?

– От началото на годината тонусът ми спада „бавно, но упорито". Винаги съм имал оценки седем и осем, понякога и девет*. Но на последните изпити не можах да изкарам повече от шест. Не знам, не се справям, не мога да се съсредоточа, нямам желание.

– Е, Демиан, не забравяй, че сме към края на годината. Може да имаш нужда от почивка.

– Мисля да си почина, но до края на годината има още два месеца, а дотогава е невъзможно. Не мога да прекъсна и да изляза във ваканция.

– Понякога си мисля, че цивилизацията успя да подлуди всички ни. Спим от дванайсет до осем, обядваме от дванайсет до един, вечеряме от девет до десет... Всъщност животът ни зависи от часовника, не от собствените ни желания. Струва ми се, че за някои неща непременно трябва да има някакъв ред, но за други е съвсем нелепо да се подчиняваш на предварително установени правила.

– Каквото и да говориш, не мога да прекъсна сега.

– Но нали казваш, че като продължаваш така, тонусът ти спада.

– Трябва да има и друг начин!

---

*По десетобалната система. – Б. пр.

Имало някога един дървар, който отишъл да работи в едно сечище. Надницата била добра, а условията – още по-добри, тъй че дърварят решил да си свърши добре работата.

Първия ден отишъл при надзирателя, който му дал секира и му посочил къде да сече в гората.

Въодушевен, мъжът тръгнал да сече дърва.

Само за един ден отсякъл осемнайсет дървета.

– Браво – рекъл му надзирателят. – Продължавай така.

Окуражен от думите му, на следващия ден дърварят решил да работи още по-добре. Затова вечерта си легнал съвсем рано.

На сутринта станал преди всички и отишъл в гората.

Но въпреки всички усилия, не успял да отсече повече от петнайсет дървета.

– Сигурно съм уморен – помислил си. И решил да си легне още по залез.

Станал в зори, готов да удари маркировката на осемнайсет дървета. Но този ден не стигнал дори до половината.

На следващия ден отсякъл седем дървета, после пет, а последния ден се мъчил цял следобед над второто си дърво.

Дърварят се притеснил какво ще си помисли надзирателят, отишъл да му обясни, че нещо става с него, и му се заклел, че работи до изнемога.

Надзирателят го попитал:

– Кога за последен път наточи секирата?

– Да я наточа ли? Нямах време за точене, бях много зает със сеченето на дървета.

– Има ли смисъл да започнеш нещо с огромни усилия, Демиан, когато те скоро няма да са достатъчни? Като се преуморявам, времето за възстановяване никога не ми стига и не мога да работя по-добре.

Да си почиваме, да сменяме заниманията си или да правим нещо съвсем друго, много често е начин да наточваме секирата си. И обратно, насилването е напразен опит на индивида да замени липсата на тонус в даден момент с воля.

КОКОШКАТА И ПАТЕНЦАТА

Често спорех с родителите си. Имах чувството, че изобщо не ме разбират.

Не можех да повярвам, че не се разбирам с тях. Особено с баща ми.

Винаги съм смятал, че баща ми е страхотен, и по онова време още вярвах в това. Но той се държеше с мен като с идиот. Всичко, което правех, му се струваше лошо, излишно, опасно или не на място. А като се опитвах да му обясня, ставаше още по-лошо – за нищо не можехме да се разберем.

– ...а не искам да повярвам, че баща ми е затъпял.

– Е, не смятам, че е затъпял.

– Но, Хорхе, той наистина се държи като глупак. Инати се за тъпи и допотопни неща. Баща ми не е толкова стар, че да не разбира младите... Наистина е много странно.

– Искаш ли приказка?

– Да.

Веднъж една патица снесла четири яйца.

Докато ги мътела, една лисица нападнала гнездото и я убила. Но неизвестно защо, преди да избяга, не успяла да изяде яйцата и ги изоставила в гнездото.

Една квачка минала оттам и видяла изоставеното гнездо. Тя по навик се насадила на яйцата и започнала да ги мъти.

Не след дълго патенцата се излюпили и както се полага, взели кокошката за своя майка и тръгнали в редичка след нея.

Кокошката, доволна от новото си люпило, ги отвела във фермата.

Всяка сутрин, като пропеел петелът, мама кокошка започвала да рови земята, а патенцата се мъчели да правят като нея. Когато не можели да намерят и едно жалко червейче в пръстта, мама ги хранела всичките, като разделяла всеки червей на парченца и им го давала в клюнчето.

Един ден кокошката излязла, както винаги, на разходка с люпилото си край фермата. Патенцата я следвали послушно в редичка.

Но като стигнали до езерото, те изведнъж цамбурнали съвсем естествено в него, а кокошката им закудкудякала отчаяно да излязат от водата.

Патенцата плували весело, гмуркали се, а майка им подскачала и плачела от страх да не се удавят.

Привлечен от кудкудякането на майката, петелът се приближил, разбрал какво става и рекъл:

– Не може да се вярва на младите. Те са луди глави.

Едно от пателата, което чуло петела, се приближило до брега и им казало:

– Ние не сме виновни за собствената ви ограниченост.

– Не мисли, че кокошката е сгрешила, Демиан.

Не вини и петела.

Не смятай, че пателата са дръзки умници.

Никой от тези герои не греши. Просто гледните им точки са различни.

Единствената грешка
почти винаги
е, че смятаме нашата гледна точка
за единствено вярната.

За глухия всички, които танцуват, са луди.

ГОРКИТЕ ОВЦЕ

Продължих да мисля за отношенията между родители и деца.

Дебелия беше прав! Всяко поколение вижда нещата от собствена и единствена гледна точка. Ние се караме с тях, както те с нашите дядовци навремето, защото не можем да се разберем дори за гледната точка.

– Знаеш ли, говорих с нашите.

– Така ли?

– Разказах им приказката за кокошката.

– И какво?

– В началото реагираха точно както си мислех. Майка ми каза, че не вижда връзката, а баща ми, че не е съгласен. Но после мълчахме дълго и накрая вече не мислехме така различно.

– Успя най-сетне да изгладиш нещата.

– Да, така е. Да се разберем, когато сме на едно мнение, е лесно. Трудното е, когато не сме на едно мнение. Но това свърши вече.

– Чудесно!

– И все пак накрая баща ми поясни, че има предимство в мненията заради възрастта си, заради опита си и защото в живота съществуват опасности, с които още не сме готови да се справим без тяхна помощ, и тям подобни.

– А ти какво мислиш?

– Че не е вярно. Че мога да се справя с много неща.

– А с други?

– С други не мога.

– Тогава баща ти е прав. Съществуват „опасности“, за които още имаш нужда от тях.

– Да, така е.

– Тази позиция не е изгодна за теб, а?

– Да, но е истина.

– Истина е! Сега остава да видим дали е цялата истина.

– Как?

– Слушай...

Имало едно семейство овчари. Те държали всичките си овце в една кошара. Хранели ги, вардели ги и ги извеждали на пàша.

От време на време овцете се опитвали да бягат.

Тогава най-старият овчар отивал при тях и им казвал:

– Вие, глупави и своенравни овце, не знаете, че навън равнината е пълна с опасности. Само тук ще намерите вода, храна и най-важното – защита от вълците.

Обикновено така укротявал „свободолюбието“ на овцете.

Един ден се пръкнала по-различна овца. Да кажем, че била нещо като черна овца. Била вироглава и подучвала другите да избягат на свобода в равнината.

Старият овчар ходел все по-често при овцете да им говори, че навън е опасно. Ала те били неспокойни и когато ги изкарвали на пàша, им било все по-трудно да ги прибират в кошарата.

Докато една нощ черната овца ги придумала и те избягали.

Овчарите не усетили нищо до зори, когато видели разбитата и празна кошара.

Вкупом отишли да се жалват на стареца, глава на семейството.

– Избягали са, избягали са!

– Горките...

– Ами гладът?

– Ами жаждата?

– Ами вълкът?

– Какво ще стане с тях без нас?

Старецът се прокашлял, смукнал от лулата и рекъл:

– Вярно, какво ще стане с тях без нас? И още по-лошо...

...Какво ще стане с нас без тях?

БРЕМЕННАТА ТЕНДЖЕРА

– Как вървят нещата с вашите?

– Горе-долу – отвърнах аз. – На моменти се разбираме много и всеки се поставя на мястото на другия, но понякога просто няма начин. Нищо не може да се направи.

– Е, Демиан. Мисля, че това ще ти се случва с всички до края на живота ти.

– Да, но с нашите е някак различно. Те са ми родители...

– Да, така е. Но какво имаш предвид, като казваш, че е различно?

– Те имат някакво право, защото са ми родители.

– Какво право?

– Право над мен.

– Ти вече си голям, Демиан. И като такъв, никой няма права над теб. Никой. Най-малкото, никой няма повече права над теб от тези, които ти му даваш.

– Аз не им давам нищо.

– Май не е така.

– Но къщата е тяхна, те ме хранят, купуват ми дрехи, плащат част от таксата за университета, майка ми ме пере, оправя ми леглото... Това им дава някакви права.

– Ти не работиш ли?

– Да, разбира се, че работя.

– Ами тогава? Разбирам, че живееш в тази къща, защото не можеш да си позволиш да имаш самостоятелен апартамент. Но за всичко останало смятам, че ако наистина искаш да се бориш да си независим, можеш сам да направиш някои неща.

– Накъде биеш? И ти ли смяташ, че не ме бива за нищо, като майка ми? Сякаш най-важното на тоя свят е да можеш да си оправяш леглото!

– Не, предполагам, че не, но ти си този, който претендира за свобода и самостоятелност.

– Не претендирам за свобода и самостоятелност, за да си готвя, да си оправям леглото и да си пера дрехите. А за да не трябва да искам непрекъснато разрешение и да знам, че имам правото да говоря, когато пожелая, и да мълча през другото време.

– Може би тези две групи „правà", Демиан, са различни.

– Не искам да се разделям с нашите.

– Да, разбира се, но ти претендираш за някои права, които са ти отнети при сегашното положение, а отказваш да поемеш част от отговорностите, произтичащи от тези права.

– Но аз мога да избирам за какво да съм независим по-рано и за какво предпочитам да изчакам малко.

– Да видим дали това ще ти помогне да си изясниш нещата.

Един човек помолил една вечер съседа си да му даде за малко тенджерата си. Собственикът на тенджерата не бил много разбран, но нямало как да му откаже.

След четири дни съседът още не му връщал тенджерата, затова, под предлог че му трябва, той отишъл да си я поиска.

– Точно щях да дойда у вас да ви я върна... Раждането беше толкова трудно!

– Какво раждане?

– На тенджерата.

– Какво?

– О, не знаехте ли? Тенджерата беше бременна.

– Бременна ли?

– Да, и точно снощи се сдоби с челяд. Затуй трябваше да си почине, но вече е по-добре.

– Да си почине ли?

– Да. Секунда, моля.

И като влязъл в дома си, взел тенджерата, едно пръстено съдче и един тиган.

– Това не е мое. Само тенджерата.

– Не, ваше е. Това са децата на тенджерата. Щом тя е ваша, значи и децата ѝ са ваши.

Мъжът си помислил, че съседът му съвсем е откачил. „Но по-добре да не му противореча“, рекъл си.

– Добре, благодаря.

– За нищо. Довиждане.

– Довиждане.

И мъжът се прибрал със съдчето, с тигана и тенджерата.

Същия следобед съседът му пак почукал на вратата.

– Съседе, може ли да ми заемете една отвертка и клещи?

Сега мъжът се почувствал по-задължен от преди.

– Да, разбира се.

Влязъл вкъщи и се появил с клещите и отвертката.

Изминала почти цяла седмица и когато вече смятал да отиде да си прибере нещата, съседът почукал на вратата му.

– Ох, съседе, вие знаехте ли?

– Какво?

– Че отвертката и клещите са двойка.

– Не може да бъде! – облещил се човекът. – Не знаех.

– Вижте, направих грешка. За миг ги оставих сами и тя забременя.

– Отвертката ли?

– Отвертката! Нося ви децата ѝ.

И като отворил една кошничка, му подал няколко винта, гайки и пирони, които според него отвертката била родила.

„Съвсем е откачил“, помислил си мъжът. Но пирони и винтове винаги трябват.

Минали два дена. Упоритият съсед се появил отново.

– Онзиден – рекъл му, – като ви донесох клещите, видях, че на масата имате красива златна амфора. Ще бъдете ли така добър да ми я заемете за една нощ?

На собственика му блеснали очите.

– Разбира се – отвърнал той великодушно. Влязъл вътре и се появил с амфората, която му искал съседът.

– Благодаря, съседе.

– Довиждане.

– Довиждане.

Минала една нощ, минала още една, но собственикът на амфората не смеел да почука у съседа и да си я поиска. Като изминала седмица, не можал да изтрае и отишъл да си я върне.

– Амфората ли? – запитал го той. – О, не разбрахте ли?

– Какво?

– Тя умря при раждането.

– Как така е умряла при раждането?

– Да, амфората беше бременна и умря при раждането.

– Вижте, за глупак ли ме смятате? Как една златна амфора може да е бременна?

– Слушайте, съседе. Вие приехте бременността и раждането на тенджерата. Приехте сватбата и челядта на отвертката и клещите. Защо сега да не приемете бременността и смъртта на амфората?

– Ти, Демиан, можеш да избираш каквото си искаш, но не можеш да си независим за по-лесните и приятни неща и да не бъдеш, когато това ти коства някакво усилие.

Твоето мнение, свободата ти, твоята самостоятелност и по-голямата ти отговорност вървят ръка за ръка в хода на израстването ти. Ти решаваш дали да бъдеш голям, или да си останеш дете.

ПОГЛЕДЪТ НА ВЛЮБЕНИЯ

– Струва ми се, че родителите ми са остарели и умът им вече не е така бистър.

– А на мен ми се струва, че гледаш на тях от друга гледна точка.

– Но какво общо има това? „Фактът си е факт", както ти казваш.

– Ще ти разкажа.

Царят бил влюбен в Сабрина, жена от простолюдието, която направил своя последна съпруга.

Един следобед, когато царят бил на лов, пристигнал пратеник и съобщил, че майката на Сабрина е болна. И макар да било забранено да се използва личната каляска на царя – нарушение, което можело да ѝ коства главата, – Сабрина се качила в нея и се отправила към майка си.

Като се върнал от лов, царят бил осведомен за станалото.

– Нали е прекрасна? – рекъл той. – Това е истинска синовна обич. Не се е поколебала да рискува живота си, за да бъде до майка си. Прекрасна е!

Друг път, когато Сабрина седяла в градината на двореца и ядяла плодове, се появил царят. Принцесата го поздравила и после отхапала последната праскова от кошницата.

– Изглеждат хубави! – рекъл царят.

– Хубави са – отвърнала принцесата. И като протегнала ръка, подала на своя любим последната праскова.

– Колко ме обича! – споменал по-късно царят. – Сама се отказа от удоволствието, за да ми даде последната праскова от кошницата. Не е ли чудесна?

Минали няколко години и кой знае защо, любовта и страстта в сърцето на царя охладнели.

Седейки до най-добрия си приятел, той му казал:

– Никога не се е държала като царица. Нима не наруши забраната и не се качи в каляската ми? И освен това помня, че веднъж ми даде нахапан плод.

– Истината винаги е една. Фактът си е факт. Но както в приказката, човек може да тълкува дадена случка и така, и иначе.

„Внимавай как я възприемаш", казваше мъдрият Бадуин.

АКО ТОВА, КОЕТО ВИЖДАШ, ПАСВА „КАТО ПО МЯРКА"
НА ИСТИНАТА, КОЯТО Е ИЗГОДНА ЗА ТЕБ...

...НЕ ВЯРВАЙ НА ОЧИТЕ СИ!

ФИЛИЗИТЕ НА ОМБУТО*

Още щом влязох, Хорхе ми каза:

– Имам една приказка за теб.

– Приказка ли? Но защо?

– Не знам, стори ми се, че е точно за теб.

– Добре – съгласих се аз.

Имало някога едно много малко село.

Толкова малко, че не било отбелязано на големите карти на страната.

Толкова малко, че в него имало само един мъничък площад, а на този единствен площад растяло само едно дърво.

Но хората обичали това село, обичали площада си и дървото – огромно омбу, което било точно, ама точно в центъра на площада. Но то било и център на живота в селото: всеки ден привечер, към седем часа, мъжете и жените се събирали на площада след работа, вече умити, сресани и облечени за разходка край омбуто.

От години младите хора, родителите на младите хора и родителите на родителите на младите хора се събирали всеки ден под омбуто.

Там се сключвали важни сделки, вземали се общински решения, уговаряли се сватби и се помени с години мъртвите.

---

*Омбу – южноамериканско дърво с месеста кора и цветове на гроздове. – Б. пр.

Един ден се случило нещо различно и прекрасно: от един страничен корен, сякаш от нищото, поникнала зелена клонка само с две листенца, сочещи към слънцето.

Това бил филиз. Първият филиз, който омбуто пуснало, откакто го помнели.

Когато голямото вълнение попреминало, избрали комисия да организира празник в чест на събитието.

Но за изненада на организаторите, не всички селяни отишли на празника. Имало и такива, които смятали, че филизът ще създаде проблеми.

Работата е там, че няколко дни след появяването на първия филиз започнал да никне друг. И за един месец от посивелите вече корени на омбуто поникнали повече от двайсет зелени клонки.

Радостта на едни и равнодушието на други нямало да траят дълго.

Предупреждението дошло от пазача на площада. Нещо ставало със старото дърво. Листата му били по-жълти от всякога, били слаби и окапвали бързо. Кората на стъблото, досега месеста и гладка, изсъхнала и се напукала. Пазачът съобщил диагнозата:

– Омбуто е болно.

И може би ще умре.

Привечер, по време на разходката, избухнал спор. Едни заявили, че всичко е заради филизите. Аргументите им били съвсем конкретни: всичко било наред, преди те да се появят.

Защитниците на филизите пък отвръщали, че едното нямало нищо общо с другото, защото издънките са бъдещето на омбуто, ако нещо се случи с него.

И след като си казали мнението, се оформили две точно противоположни групи. За едната по-важно било старото дърво, а за другата – младите филизи.

Някак неусетно спорът се разгорещявал все повече и повече и позициите на двете групи ставали все по-крайни. Когато нощта паднала, стигнали до споразумение на другия ден да отнесат въпроса до общинския съвет, за да се успокоят духовете.

Но духовете не се успокоили. На другия ден Защитниците на омбуто – както се нарекли те – заявили, че проблемът ще се реши, ако запазят старото положение. Филизите изсмуквали силите на многогодишното дърво и били като паразити за него. Следователно трябвало да унищожат издънките.

Защитниците на живота – както се нарекли от втората група – ги изслушали ужасени, защото и те били стигнали вече до някакво решение. Трябвало да отсекат старото омбу, на което му било минало вече времето. То само отнемало слънцето и водата на новородените. Освен това нямало смисъл да защитават старото дърво, защото всъщност то било вече мъртво.

Обсъждането се превърнало в спор, а спорът – в кавга, стигнало се и до крясъци, ругатни и ритници. Полицията потушила скандала и разпратила всички по домовете им.

Същата нощ Защитниците на омбуто се събрали и решили, че положението е критично, защото тъпите им противници нямало да чуят доводите им и затова трябвало да преминат към действие. Въоръжени с градински ножици, кирки и лопати, решили да атакуват: щом унищожат филизите, преговорите щели да минат на друг етап.

Доволни от решението, те стигнали до площада.

Като наближили дървото, видели, че група хора трупат дърва край омбуто. Били Защитниците на живота, които решили да го подпалят.

Между двете групи от защитници се завързал отново спор, но този път те били надъхани с омраза, с яд и желание да рушат.

Много филизи били стъпкани и увредени при сблъсъка.

Стъблото и клоните на старото омбу също пострадали доста.

Повече от двайсетина защитници от двете групи прекарали нощта в болницата с по-леки и по-тежки наранявания.

На сутринта картината на площада била различна. Защитниците на омбуто били издигнали ограда около дървото и четирима въоръжени мъже го охранявали непрекъснато.

Защитниците на живота, от своя страна, били изкопали ров и оградили останалите филизи с бодлива тел, за да предотвратят всякакво нападение.

Положението сред останалата част от селяните също било неудържимо: в стремежа си да получи по-голяма подкрепа всяка група политизирала въпроса и принуждавала другите жители да вземат страна. Който защитавал омбуто, бил, разбира се, враг на Защитниците на живота, а който защитавал филизите, трябвало, естествено, да мрази до смърт Защитниците на омбуто.

Накрая решили да отнесат въпроса до мировия съдия, който по това време бил свещеникът от малката църква в селото. Той трябвало да се произнесе в неделя.

Публиката била разделена с едно въже и двете групи се нападали, крещейки. Крясъците били ужасни и никой никого не чувал.

Изведнъж вратата се отворила и по пътеката, подпирайки се на бастуна си, се задал Стареца, сподирян от погледите на двете групи.

Стареца – сигурно на повече от сто години, бил и човекът, който на младини основал това село, планирал улиците му, разчертал терените и разбира се, посадил дървото.

Бил почитан от всички и думите му били все така мъдри, както през целия му живот.

Стареца отблъснал ръцете, протегнали се да го подкрепят, изкачил се едва-едва на подиума и заговорил.

– Глупаци! – рекъл той. – Сами се нарекохте Защитници на омбуто и Защитници на живота... Защитници ли? Нищо не можете да защитите вие, защото единствената ви цел е да навредите на онези, които не мислят като вас.

Не си давате сметка, че грешите, че и едните, и другите бъркате.

Омбуто не е камък. То е нещо живо и като такова си има жизнен път. По този път то трябва да даде живот на филизите, които занапред ще поемат ролята му. Това значи, че трябва да ги подготви да се превърнат в млади дървета.

Но филизите, глупаци такива, не са просто издънки. Те не могат да оживеят, ако омбуто загине, а животът на дървото няма да има смисъл, ако то не даде начало на нов живот.

Бъдете готови, Защитници на живота. Заяквайте и се въоръжавайте. Идва време да подпалите дома на родителите си заедно с тях. Скоро те ще остареят и ще почнат да ви пречат по пътя.

Бъдете готови, Защитници на омбуто. Набирайте опит с филизите. Трябва да сте готови да стъпчете и избиете синовете си, когато пожелаят да ви отменят или надминат.

И вие се наричате „защитници"!

А единственото, което искате, е да рушите...

Не разбирате, че
като рушите
и рушите,
унищожавате
завинаги
и онова, което искате да защитите.

Помислете! Нямате много време...

Казал това, слязъл бавно от подиума и тръгнал към вратата сред дълбока тишина.

...И си отишъл.

Хорхе млъкна. А аз не можах да сдържа сълзите си. Станах и мълчешком си тръгнах, уморен, но с прояснени мисли...

Чакаше ме много работа!

ЛАБИРИНТЪТ

Хорхе беше написал разказ и дали защото го помолих, дали защото му се искаше, или и по двете причини, го сподели с мен.

Загадките винаги го бяха привличали. От малък всички кръстословици, гатанки, лабиринти, криптограми и главоблъсканици, които му попадаха, бяха предизвикателство за него.

Бе посветил голяма част от живота и мислите си за разрешаването – къде по-успешно, къде не толкова – на проблеми, които други са измислили. Разбира се, невинаги успяваше, защото през ръцете му бяха минали много и твърде сложни гатанки.

Щом попаднеше на нещо такова, Хороска винаги извършваше едно и също действие почти като ритуал: гледаше го дълго и в един миг – като експерт, какъвто беше, решаваше дали проблемът е от неразрешимите.

Ако се окажеше наистина такъв, Хороска си поемаше дълбоко дъх и дори тогава се захващаше с него.

И започваше да си блъска главата, защото ритуалът на анализа се беше превърнал едва ли не в мания за него.

Изникваха невероятни въпроси, попадаше на задънени улици, на заплетени символи, на непознати думи, на неочаквани дилеми.

Хороска отдавна бе разбрал, че трябва да успее в живота. Дали затова тези загадки не започнаха да му дотягат?

И стана така, че още след първия опит страшно се отегчаваше и зарязваше проблема, ругаейки наум глупака, създал загадка, която дори той не можеше да разреши...

Но мисля, че понеже и твърде лесните задачи също го отегчаваха, стигна до заключението, че всеки „изследвач“ си има загадка „по мярка“ и само той си знае мярката.

Най-добре всеки да си измисля задачите „по мярка“, рекъл си той. Но веднага се досетил, че така загадката си губи смисъла, защото създателят ѝ ще знае отговора още докато я измисля.

Донякъде на шега, донякъде подтикнат от желанието да помогне на други, които искат да решават като него такива загадки, той започнал да измисля задачи, игри на думи, на цифри, логически въпроси и абстрактни дилеми...

Но неговият шедьовър бил лабиринтът, който построил.

В един спокоен слънчев ден Хороска започнал да издига тухла по тухла стени в една от стаите на огромната си къща, за да построи огромен лабиринт в реален мащаб.

Минали години. Той обсъждал задачите си с приятели, в специализирани списания и в някои вестници. Но лабиринта пазел в тайна и той се разраствал, растял ли, растял в дома му.

Хороска го правел все по-сложен. Почти не си давал сметка, че в плетениците му имало все повече пътеки без изход.

Това творение се превърнало в част от живота му. Не минавал и ден, без да добави някоя тухла, да затвори изход или да усложни плетеницата, за да направи още по-трудно преминаването през нея.

И може би след двайсет години в стаята, където строял лабиринта, не останало никакво място и той започнал да се разпростира съвсем естествено из цялата къща.

За да отиде от спалнята до банята, Хороска трябвало да направи осем крачки напред, да завие наляво, да направи още шест крачки, после да завие надясно, да слезе три стъпала, още пет крачки, отново завой надясно, да прескочи едно препятствие и да отвори вратата.

За да излезе на терасата, трябвало да се наклони към лявата стена, да се повърти насам-натам няколко метра и да се качи по въжена стълба до горния етаж.

И постепенно домът му се превърнал в голям лабиринт с нормални размери.

В началото бил много доволен. Забавно му било да броди по тези коридори, които понякога го отвеждали до задънена улица, макар че сам ги е строил, защото било невъзможно да запомни всички посоки.

Това бил лабиринт по негова мярка.

По негова мярка.

Оттогава Хороска започнал да кани много хора в дома си, в своя лабиринт. Но дори и онези, които проявявали голям интерес, накрая се отегчавали, както той – от другите загадки.

Хороска предлагал да ги разведе из дома си, но след малко гостите решавали да си тръгнат. Всички му казвали горе-долу едно и също: „Така не може да се живее!“.

Накрая Хороска не могъл да понесе безкрайната самота и се преместил в друга къща, без лабиринт, където приемал спокойно гости.

Но винаги когато се запознавал с някого, който му се струвал по-умен, го водел в истинския си дом.

Също като летеца от *Малкият принц* с „рисунките на змиите боа отвън и отвътре“, Хороска отварял своя лабиринт за онези, които смятал, че заслужават да видят такава „забележителност“.

...Но Хороска никога не срещнал човек, който да поиска да живее с него на това място.

КРЪГЪТ НА ДЕВЕТДЕСЕТ И ДЕВЕТТЕ

– Защо, Хорхе? Защо човек никога не е доволен?

– Какво?

– Е, понякога така си мисля. С Габриела всичко върви много добре, много по-добре от преди, но не е това, което ми се иска. Не знам. Няма страст, няма плам, не е интересно. И във факултета е горе-долу така: ходя на лекции, уча, явявам се на изпити и ги вземам. Но нещо ми липсва. Не съм удовлетворен, не изпитвам всеки ден удоволствие, че уча това, което искам. Същото е и с работата. Доволен съм, плащат ми добре, но не толкова, колкото бих искал да печеля.

– И с всичко ли е така?

– Струва ми се, че да. Никога не мога да си отдъхна и да кажа: „Е, сега вече всичко е наред". Така е и с брат ми, с приятелите, с парите, с физическото ми състояние... С всичко, което ме интересува.

– Преди няколко седмици, когато се тревожеше за положението вкъщи, не изпитваше ли същото?

– Предполагам, но имах по-големи притеснения, които потискаха тези неща. А това, за което ти говоря днес, е нещо като „лукс" и би могло да осмисли всичко останало.

– Значи притеснението се появява, когато нямаш големи проблеми.

– Точно така.

– Значи този проблем се появява, когато нямаш проблеми.

– Какво?

– Всъщност, когато всичко е наред.

– Ами... да.

– Кажи, Демиан. Какво чувстваш, като признаваш, че проблемът се появява, когато всичко е наред?

– Чувствам се тъпо.

– Така си е – каза *Дебелия.* – Отдавна не съм ти разказвал приказка за някой цар.

– Вярно.

– Имало едно време един, да речем, класически цар.

– Какво значи класически цар?

– Класически цар в приказките значи много могъщ и богат цар, с великолепен дворец, пълен с какви ли не еликсири за душата и с красиви съпруги, цар, който може да има каквото си пожелае. Но въпреки това не е щастлив.

– А...

– И колкото по-класическа е приказката, по-нещастен е царят.

– А твоят цар... колко класически е?

– Много класически.

– Горкият.

Имало някога един много тъжен цар, чийто слуга, като всеки слуга на тъжен цар, бил много щастлив.

Всяка сутрин той будел царя и му носел закуска, пеейки и тананикайки весели трубадурски песни. На ведрото му лице греела широка усмивка и той посрещал всичко в живота спокойно и с радост.

Един ден царят наредил да го повикат.

– Паже мой – рекъл му. – Каква е тайната?

– Коя тайна, Ваше Величество?

– Тайната на твоето щастие?

– Няма никаква тайна, Ваше Величество.

– Не ме лъжи, паже! Отсичал съм глави и за по-малки провинения от една лъжа.

– Не лъжа, Ваше Величество. Нямам никакви тайни.

– А защо винаги си весел и щастлив? Защо, а?

– Господарю, нямам причина да съм тъжен. Ваше Величество ми оказва честта да му служа. Живея с жена си и децата си в дома, който царският двор ни осигури. Обличат ни и ни хранят, а на всичко отгоре Ваша милост ме възнаграждава от време на време с някоя и друга монета, за да се поглезим. Как да не съм щастлив?

– Ако не ми кажеш още сега тайната си, ще заповядам да ти отсекат главата – рекъл му царят. – Никой не може да е щастлив само заради това, което ми казваш.

– Но, Ваше Величество, няма никаква тайна. Толкова бих искал да ви доставя удоволствие, но не крия нищо от вас.

– Махай се, махай се, преди да съм извикал палача!

Слугата се усмихнал, поклонил се и излязъл от стаята.

Царят едва не полудял. Не можел да разбере защо този паж е така щастлив, като живее от подаяния, облича се със стари дрехи и се храни с огризките на царедворците.

Като се успокоил, повикал най-мъдрия от съветниците си и му предал разговора, който провел сутринта.

– Защо този човек е щастлив?

– О, Ваше Величество, защото не е в кръга.

– Не е в кръга ли?

– Точно така.

– И това го прави щастлив?

– Не, Ваша милост. Това не го прави нещастен.

– Да видим дали съм разбрал. Когато си в кръга, си нещастен, така ли?

– Точно така.

– А той не е.

– Точно така.

– А как е излязъл?

– Никога не е влизал.

– Но какъв е този кръг?

– Кръгът на деветдесет и деветте.

– Нищо не разбирам, наистина.

– Можете да го разберете само ако ми позволите да ви покажа как действа.

– Как?

– Като дадем възможност на пажа да влезе в кръга.

– Да, да го накараме да влезе.

– Не, Ваше Величество. Никой не може да накара никого да влезе в кръга.

– Тогава трябва да го примамим.

– Няма нужда, Ваше Величество. Ако му дадем възможност, той сам ще влезе.

– Но няма ли да разбере, че това значи да стане нещастен?

– Да, ще разбере.

– Тогава няма да влезе.

– Няма да устои.

– Твърдиш, че той ще знае, че ако влезе в този странен кръг, го чака нещастие, и въпреки това ще влезе в него и няма да може да излезе оттам?

– Точно така, Ваше Величество. Готов ли сте да загубите един прекрасен слуга, за да разберете какво представлява кръгът?

– Да.

– Много добре. Тази вечер ще дойда да ви взема. Трябва да приготвите една кожена торба с деветдесет и девет златни монети. Нито една повече, нито една по-малко.

– И какво друго? Да викна ли стражите за всеки случай?

– Само кожената торба. До довечера, Ваше Величество.

– До довечера.

Така и направили. Същата вечер мъдрецът отишъл да вземе царя. Двамата се промъкнали в двора на палата и се скрили край дома на пажа. Там дочакали зората.

В къщата запалили първата свещ. Мъдрецът завързал на кожената торба бележка, която гласяла:

ТОВА СЪКРОВИЩЕ Е ЗА ТЕБ.
ТО Е НАГРАДА,
ЗАЩОТО СИ ДОБЪР ЧОВЕК.
ИЗПОЛЗВАЙ ГО
И НЕ КАЗВАЙ НА НИКОГО
КАК СИ ГО ПОЛУЧИЛ.

След това вързал торбата за портата, почукал и отново се скрил.

Пажът се появил, а мъдрецът и царят дебнели какво ще стане иззад едни храсти.

Слугата видял торбата, прочел бележката, разтърсил кожената кесия и като чул звъна на метала, се стреснал, притиснал съкровището до гърдите си, огледал се да се увери, че наоколо няма никой, и се прибрал вкъщи.

Отвън се чуло как пажът залоства вратата и онези, които го дебнели, надникнали през прозореца да видят какво ще стане.

Слугата захвърлил на пода всичко от масата освен свещта. Седнал и изсипал съдържанието на торбата. Гледал го и не можел да повярва на очите си.

Цял куп златни монети!

Никога не бил държал в ръка нито една, а сега имал цял куп.

Пажът ги докосвал и загребвал с шепи. Галел ги и ги гледал под светлината на свещта. Събирал ги и ги разпръсвал, правейки купчинки.

И както си играел с тях, започнал да ги подрежда на купчинки по десет монети. Една купчинка по десет, две купчинки по десет, три, четири, пет, шест... Пресмятал ги наум: десет, двайсет, трийсет, четирийсет, петдесет, шейсет... До последното купче... но то било от девет монети!

Първо огледал масата, търсейки още една монета. После погледнал на пода и накрая – в торбата.

„Не може да бъде“, помислил си. Сложил последната купчинка до другите и установил, че е по-малка.

– Окрали са ме! – изкрещял. – Окрали са ме! Проклетници!

Отново затърсил по масата, по пода, в торбата, в дрехите си, по джобовете, под мебелите... Но не открил онова, което търсел.

И сякаш надсмивайки му се, купчинката монети проблясвала на масата и му напомняла, че има деветдесет и девет златни монети. Само деветдесет и девет.

„Деветдесет и девет монети са много пари – помислил си той. – Но ми липсва една монета. Деветдесет и девет не е кръгла цифра. Сто е кръгла цифра, но деветдесет и девет не е“.

Царят и съветникът му гледали през прозореца. Лицето на пажа не било вече същото. Челото му се сбръчкало, чертите му се изострили. Очите му станали по-малки и присвити, устата му се разкривила грозно, показали се зъбите му.

Слугата прибрал монетите в торбата и оглеждайки се на всички страни, да не би някой вкъщи да го види, я скрил сред дървата за огрев. После взел хартия и перо и седнал да прави сметки.

Колко време трябвало да пести, за да си купи стотната монета?

Говорел си сам, на глас.

Бил готов да работи здравата, за да я спечели. А след туй може би нямало да има нужда да го прави повече.

Човек, който има сто златни монети, може и да не работи.

Със сто монети си богат.

Със сто монети можеш да живееш спокойно.

Приключил със сметките. Ако работел и пестял заплатата и ако получел някакви пари допълнително, за единайсет-дванайсет години щял да събере достатъчно за още една златна монета.

„Дванайсет години са много време", помислил си.

Можел да каже и на жена си да си намери работа в селото за известно време. А и самият той свършвал работа в двореца в пет следобед, така че можел да работи до вечерта и да спечели още нещо.

Направил сметката: като добавил парите от работата си в селото и тези на жена си, за седем години можел да ги събере.

Твърде много време!

Можел да носи в селото храната, която им оставала всяка вечер, и да я продава за няколко гроша. И колкото по-малко ядат, повече щял да продава.

Да продава, да продава...

Било топло. Защо им трябвали толкова зимни дрехи? Защо им са повече от един чифт обувки?

Необходима била голяма жертва. Но за четири години лишения можел да си набави стотната златна монета.

Царят и мъдрецът се върнали в двореца.

Пажът бил вече в кръга на деветдесет и деветте...

През следващите месеци слугата изпълнявал плана си така, както го замислил онази нощ. Една сутрин той почукал на вратата на царската спалня и влязъл сърдит, мърморейки.

– Какво става с теб? – попитал го царят учтиво.

– Нищо ми няма, нищо ми няма.

– До неотдавна все се усмихваше и пееше.

– Нали си върша работата? Какво иска Ваше Величество? Да му̀ бъда шут и трубадур ли?

Не след дълго царят уволнил своя паж. Не било приятно да имаш слуга, който е все в лошо настроение.

– И днес, докато говорехме, си спомних тази приказка за царя и слугата.

И аз, и ти, всички ние сме възпитани с тази глупава философия. Все нещо ни липсва, за да бъдем доволни, а само ако сме доволни, можем да се радваме на това, което имаме.

Тоест научили сме, че щастието идва, когато си набавим онова, което ни липсва...

Но както винаги, все нещо ни липсва и всичко започва отначало, така човек никога не може да се порадва на живота...

А какво би станало,
ако ни просветне
и изведнъж разберем,
че тези деветдесет и девет монети
са цяло съкровище.
Че нищо не ни липсва
и никой не ни е ограбил,
че цифрата сто не е по-кръгла
от деветдесет и девет.
Че това е само клопка –
морковът, който ни подават,
за да се превърнем в глупаци
и да теглим каруцата,
уморени и мрачни,
нещастни и примирени.
Клопка, за да продължим да теглим
и всичко да е постарому.
Вечно!
А колко неща биха се променили,
ако можехме да се радваме
на съкровищата си такива, каквито са.

– Но внимавай, Демиан. Да признаеш, че деветдесет и девет е цяло съкровище, не значи да се откажеш от целите си. Не значи, че трябва да се примиряваш с всичко.

Защото едно е да приемеш, а друго – да се примириш.

Но това е друга приказка.

КЕНТАВЪРЪТ

Цяла седмица мислих за приказката за кръга на деветдесет и деветте. Някои неща схванах, но други ми се изплъзваха.

Като отидох на сеанса, още не ми беше ясно какво точно ми става и реших да не говоря за това.

По време на разговора ни се отплесвах. Приказвахме си за времето, за ваканцията, за коли и жени.

Малко преди края на моя час казах на Хорхе, че имам чувството, че съм пропилял сеанса и не съм извлякъл никаква полза.

– Не забравяй за дърваря, който не точи секирата си, Демиан. Може би един по-лек, дори несериозен сеанс е начин това да стане.

– По същата причина бих могъл да не дойда.

– Разбира се, че би могъл да не дойдеш. Няма да е същото нито за теб, нито за мен, но би могъл да не дойдеш.

– Ти си много специален.

– Разбира се. Ти също.

– Да, но ти си по-специален!

– Добре, приемам. Но да се върнем на това дали трябваше да дойдеш или не. Когато учех медицина, имах един професор, който преподаваше акушерство. Беше много приятен човек и винаги оставаше половин час след лекциите да отговаря на въпроси.

– Професоре, кое е най-доброто противозачатъчно средство? – попита веднъж една студентка.

– Вижте, госпожице. Идеалното противозачатъчно средство би трябвало да е икономически достъпно, лесно приложимо и абсолютно сигурно... – започна да отговаря професорът.

– Но има ли съвсем сигурно средство? – запита един рус хубавец от третата редица.

– Най-сигурен, икономически достъпен и лесен за прилагане е методът на „студената вода“.

– Какво представлява? – попитаха няколко души, както и момичето, което бе задало въпроса.

– Когато партньорката ви пожелае да правите секс, трябва да изпиете една след друга две-три чаши студена вода на малки глътки.

– Преди или след акта?

– Нито преди, нито след това – отвърна професорът. – А „вместо“...

– За да имаш полза от терапията, когато си така „отнесен“, Демиан, можеш например да идеш на кино, което ти обичаш много да правиш, да се видиш с някой приятел или да поспиш няколко часа. Както казваше моят професор: нито преди, нито след... а „вместо“. Всичко, от което се чувстваш добре, е терапия.

– Така е, но това значи, че трябва да взема решение. А мисля, че най-трудно става точно когато трябва да избирам.

Дебелия ме изгледа, сякаш бях отрепка, и аз усетих какво щеше да каже.

– Не, Хорхе. Не казвам, че предпочитам да не правя избор или че се отказвам от свободата си... – защитих се аз.

– Работата е там, че не искаш да поемеш риска от решението си.

– Разбира се, че не искам.

– И все пак сигурно вече знаеш, че макар ние, хората, да сме нещо цялостно, носим в себе си различни същности... Едни са по-развити, други – по-ясни, трети – по-мъгляви, някои с едни нужди, другите – с други.

– Но това значи, че никога не можем да вземем решение – възразих аз.

– И това не е лесно – отвърна *Дебелия* и се настани на една възглавница на пода.

Взех друга възглавница и се приготвих да чуя още една приказка.

Дебелия продължи:

– Когато дъщеря ми беше на пет години, с жена ми редовно купувахме книжки с приказки и ги четяхме на нея и на брат ѝ, преди да заспят. В една от тези детски книжки прочетохме заедно приказка, която се казваше *Кентавърът*. Ще ти разкажа тази приказка, защото смятам, че е написана за теб.

Имало някога един кентавър, който – като всички кентаври – бил полумъж, полукон.

Един следобед, както се разхождал по поляната, усетил, че е гладен.

„Какво да ям? – рекъл си той. – Хамбургер или торба с люцерна? Торба с люцерна или хамбургер?“

И като не можал да реши, останал гладен.

Паднала нощта и на кентавъра му се доспало.

„Къде да спя? – рекъл си. – В обора или на хотел? На хотел или в обора?“

И като не можал да реши, не спал.

Като не ял и не спал, кентавърът се разболял.

„Кого да извикам? – помислил си. – Лекаря или ветеринаря? Ветеринаря или лекаря?“

Както бил болен и не можел да реши кого да повика, кентавърът умрял.

Хората от селото наобиколили трупа и им станало мъчно.

– Трябва да го погребем – рекли. – Но къде? В селското гробище или в полето? В полето или в гробището?

И като не могли да решат, повикали авторката на книжката, която не могла да вземе решение вместо тях и възкресила кентавъра.

И накрая така и не се разбрало, че приказката е свършила.

ДВЕ ПРИКАЗКИ ЗА ДИОГЕН

– Да се върнем на темата за кръга.

– Така ли?

– Струва ми се, че разбирам замисъла за царя и слугата. Но лошото е, че имам чувството, че това се отнася и за мен. Всъщност смятам, че винаги, когато нямам големи проблеми, започвам да се чудя какво му липсва на едно или на друго, за да бъде идеално. Като казвам това, разбирам, че е ужасно, но не мога да го преодолея.

– Обществото, в което живеем, ни дава ясни сигнали, че позицията ти е такава, каквато се очаква да бъде.

– Защо?

– Защото основната идея в постиндустриалното общество е да имаш, а не да бъдеш, както би казал Ерих Фром*. И за да ни убедят в това, са ни обвързали с една аксиома, която не можем да избегнем и затова я приемаме за нещо нормално. Това е фраза, която служи едновременно като движеща сила и като клопка.

– Фраза ли?

– Да. Тя гласи:

КОЛКО ЩАСТЛИВ ЩЕ СЪМ С ОНОВА, КОЕТО НЯМАМ.

А онова, което нямам, не е кола, нито къща, нито добра заплата, нито жена. Онова, което нямам, е онова-коетонямам, тоест, нещо невъзможно.

---

*Световноизвестен американско-немски философ и психоаналитик от еврейски произход (1900–1980 г.). – Б. пр.

Иначе казано, ако се сдобия с онова-което-нямам, няма да съм щастлив, защото, като го получа (кола, къща, приятелка и т.н.), то престава да бъде онова-което-нямам, а според аксиомата мога да бъда щастлив само ако притежавам онова-което-нямам.

– Но от тази клопка няма спасение!

– Няма, ако не успееш да промениш аксиомата.

– А можеш ли?

– Всички образователни модели и норми могат да бъдат преразгледани, за да се потвърдят или коригират. Цената, която трябва да платим, е, че ценностите, свързани с установения ред, ще се разместят. Ще се почувстваме объркани и ще изгубим посоката, докато не открием нов ред, отговарящ на новата ни действителност. Но когато го направим, ще бъдем възнаградени: ще оценим това, което имаме, и ще се радваме на това, което сме.

Казват, че Диоген се шляел по улиците на Атина, облечен в дрипи, и спял по входовете на къщите.

Разправят, че една сутрин, преди още да се разсъни, пред входа на дома, където преношувал, минал някакъв богат земевладелец.

– Добър ден – рекъл богаташът.

– Добър ден – отвърнал Диоген.

– Тази седмица беше много успешна за мен, затуй съм дошъл да ти дам тази кесия с монети.

Диоген го погледнал мълчешком, без да помръдва.

– Вземи ги. Няма измама. Мои са и ти ги давам, защото знам, че ти трябват повече, отколкото на мен.

– А ти имаш ли още? – запитал Диоген.

– Разбира се – отвърнал богаташът, – още много.

– А не искаш ли да имаш повече, отколкото имаш в момента?

– Е, разбира се, че искам.

– Тогава задръж си парите, защото на теб ти трябват повече, отколкото на мен.

А други разправят, че разговорът продължил така:

– Но и ти трябва да ядеш, а за това са нужни пари.

– Имам си една монета – показал я Диоген, – ще ми стигне за купичка жито за тази сутрин и може би за няколко портокала.

– Добре, но какво ще ядеш утре, вдругиден и след това? Откъде ще намериш пари утре?

– Ако си сигурен, че ще доживея до утре, и не смяташ, че грешиш, тогава може би ще взема парите ти...

ОТНОВО ЗА ПАРИТЕ

Този въпрос не ми даваше мира.

Имах чувството, че всеки момент ще стане нещо важно и значимо.

– Това е пробуждане – каза диагнозата Хорхе.

– Пробуждането ли? – запитах аз.

– Не, не е „пробуждане-то“, а едно „пробуждане“. Струва ми се, че това, което казваш, е също като да си в леглото и да гледаш през прозореца как се развиделява. Разбираш, че скоро ще видиш зората, и съзнаваш, че вече е време. Но все пак ти се иска да се поизлежаваш още малко.

– А, да. Точно това чувствам.

– Добре, успокой се. Почти всички изпитваме понякога горе-долу същото.

– Всъщност много се радвам, че не съм единствен. Макар че общата беда...

– Общата беда ли?

– Не знаеш ли поговорката? „Общата беда – утеха за глупците“.

– Интересно, но хората са големи педанти. Тази поговорка е много вярна, но в началото е била съвсем различна:

ОБЩАТА БЕДА – УТЕХА ЗА ВСИЧКИ.

– Сериозно ли?

– Сериозно. Да подценяваш и да наричаш глупци хората като мен, които се чувстват по-добре, когато споделят бедата с някого, отколкото като страдат сами, е израз на високомерие.

– Добре, значи не съм чак такъв глупак и признавам, че това, което казваш, ме успокоява. А аз си мислех, че щом съм в такова състояние, значи съм идиот.

– Не, това не значи, че си идиот – подхвърли иронично *Дебелия*.

– Стига толкова, а?

– Добре, стига. Дано си разбрал, че не те смятам за идиот. Не мисля дори, че си объркан. Но ми се струва, че не искаш да разбереш, че в някои отношения си напреднал повече, отколкото в други, и не допускаш, че това е нормално.

Не израстваме еднакво във всяко отношение. Човек може да е много зрял за едни неща и много несигурен за други. Нормално е.

Затова правя аналогия с „едно“ от пробужданията.

Защото се пробуждаме много, много и много пъти.

Може да има някои, които преживяват „пробуждането“ и изведнъж започват да виждат цялата истина. Но аз не познавам този път, не познавам и никого, който го е извървял... Е, може би има такива. Възможно е Исус Христос, Буда или Мохамед да са се пробудили изведнъж.

– Но аз не съм Христос, нито Буда, нито...

– Аз също, така че по-добре да не твърдим подобно нещо, за да не влезем в кръга на деветдесет и деветте с пробуждането, вместо с монетите.

– Дойдохме си на думата. Онзи ден, когато ме зашемети с приказката за кръга на деветдесет и деветте, ме накара да видя каква е разликата между това да приемеш и да се примириш. А после ми каза, че то е друга приказка. Ще ми я разкажеш ли днес?

– Защо не.

Имало някога в покрайнините на едно малко село две къщи една до друга. В едната живеел богат и имотен земеделец. Той бил заобиколен от слуги и можел да си позволи всичко, което си пожелае.

В другата – малка схлупена къщичка, живеело едно много бедно старче, което по цял ден обработвало земята и се молело Богу.

Старецът и богаташът се срещали всеки ден и все си разменяли по някоя и друга дума. Богатият говорел за парите си, а старецът – за вярата си.

– Вярата! – подиграл се богатият. – Ако твоят Бог е толкова могъщ, колкото казваш, защо не го помолиш да ти прати малко пари, та да се отърреш от мизерията, в която живееш?

– Прав си – рекъл старецът. И се прибрал вкъщи.

Като се срещнали на другия ден, лицето на стареца греело от щастие.

– Какво става с теб, старче?

– Нищо не става. Но последвах съвета ти и тази сутрин помолих Господ да ми прати сто златни монети.

– Така ли?

– Да. Рекох му, че като добър човек, който спазва Божиите закони, заслужавам награда и че искам да получа тези монети. Смяташ ли, че сумата е много голяма?

– Няма значение какво смятам аз – отвърнал богатият подигравателно. – Важното е какво смята твоят Господ. Може да реши, че заслужаваш награда от двайсет монети или от петдесет, от осемдесет или от деветдесет и две. Знае ли човек?

– А, не. Господ може да реши само дали заслужавам награда или не. Но молбата ми беше съвсем ясна. Искам сто монети. И няма да приема двайсет, ни трийсет, нито деветдесет и две. Поисках му сто и не се съмнявам, че ако добрият Господ чуе молбата ми, ще я изпълни. Няма да се пазари с мен, а и аз няма да се пазаря с Него. Сто искам и сто ще ми прати. И ако ми прати дори с една по-малко, няма да ги приема.

– Ха-ха! Много си строг! – рекъл богатият мъж.

– Колкото е строг Той с мен, толкова съм и аз с Него – отвърнал старецът.

– Не вярвам да се откажеш от двайсетте или трийсетте монети, които Господ може да ти прати, само защото не са сто.

– Ами, ще се откажа от всяка сума, по-малка от сто монети. Но ако Господ реши, че това не е достатъчно, и ми прати повече, ще си помисля дали да го приема.

– Ха-ха! Съвсем си полудял и се мъчиш да ме убедиш колко вярваш в Бога и колко си твърд! Ха-ха! Иска ми се да видя как ще удържиш на думата си. Ха-ха!

И всеки се прибрал у дома си.

Неизвестно защо, но богатият се дразнел от стареца. Какъв нахалник! Как може да каже, че няма да приеме по-малко от сто златни монети? Трябва да го разобличи, и то още тази вечер.

Сложил в една торба деветдесет и девет златни монети и отишъл до къщата на стареца. Старецът бил коленичил за молитва.

– Мили Боже, помогни ми! Мисля, че имам право на тия монети. Но не забравяй, искам сто монети. Няма да приема каквато и да е сума. Искам точно сто монети...

Докато старецът се молел, богаташът се покатерил на покрива и пуснал торбата с монетите през комина. После слязъл да види какво ще стане.

Старецът бил още на колене, когато чул шума от падането на нещо метално в комина. Изправил се бавно, отишъл до огнището, вдигнал торбата и я отърсил от саждите и пепелта.

После се приближил до масата и изсипал съдържанието на торбата. Пред него се появила купчина монети. Старецът паднал на колене и благодарил на добрия Господ за дара, който му пращал.

Като свършил с молитвата, преброил монетите. Били деветдесет и девет! Деветдесет и девет монети.

Богатият мъж още дебнел, готов да го хване в лъжа. Старецът извисил глас към небето и рекъл:

– Господи, виждам, че си решил да изпълниш молбата на клетия старец, но виждам и че в небесните ковчези е имало само деветдесет и девет монети. Не си искал да ме караш да чакам за една монета. И все пак, както ти казах, не мога да приема нито една монета повече или по-малко от сто...

– Какъв глупак – помислил си богатият.

– ...От друга страна – продължил старецът, – ти вярвам напълно. Затова, само този път, ще оставя на теб да решиш кога да ми пратиш монетата, която ми дължиш.

– Лъжец! – викнал богатият. – Лицемер!

И крещейки, заудрял по вратата на съседа си.

– Лицемер такъв! – продължил да вика. – Каза, че няма да приемеш по-малко от сто, а прибираш тия деветдесет и девет монети като едното нищо. Лъжец си и вярата ти в Бога е лъжовна.

– Откъде знаеш, че са деветдесет и девет монети? – запитал го старецът.

– Знам, защото аз пуснах тия деветдесет и девет монети, за да ти докажа, че си шарлатанин. „Няма да приема по-малко от сто", ха-ха-ха!

– И наистина няма да приема. Господ ще ми прати последната, когато той реши.

– Няма да ти прати нищо, защото, както ти казах, аз пуснах тези монети.

– Няма да споря дали ти си оръдието, което Господ е избрал, за да задоволи желанието ми, или не си. Въпросът е, че тези пари паднаха през моя комин, докато се молех за тях, и са мои.

Усмивката на богаташа угаснала и той го погледнал сърдито.

– Как така твои? Тази торба и тези монети са мои. Аз ги пуснах.

– Божиите пътища са неведоми за човека – рекъл старецът.

– Проклети да сте и ти, и твоят Господ. Върни ми парите или ще те дам под съд и ще изгубиш и малкото, което имаш.

– Само Господ ми е съдник. Но ако говориш за селския съдия, нямам нищо против да стигнем и до него.

– Добре. Да вървим тогава.

– Трябва да почакаш да си купя кола. Още нямам, а един старец не може да отиде до селото пеш.

– Няма нужда да чакам. Ще дойдеш с моята кола.

– Наистина съм ти благодарен. През всичките тези години никога не си ми помагал. Добре. Но все пак трябва да изчакаме зимата да попремине. Много е студено, а здравето ми не позволява да ида до селото без дебело палто.

– Опитваш се да отлагаш нещата – рекъл богатият гневно. – Ще ти дам собственото си кожено палто за пътуването. Какво още искаш?

– В такъв случай – отвърнал старецът – не мога да ти откажа.

Старецът облякъл коженото палто, качил се в колата и се отправил към селото, следван от богаташа, който пътувал в друга кола.

Като пристигнали, богатият побързал да се срещне със съдията и когато той го приел, му разказал подробно плана си, с който искал да разобличи стареца: как пуснал торбата с монетите през комина и как старецът после отказал да му ги върне.

– А ти какво ще кажеш, старче? – попитал го съдията.

– Ваша чест, не мога да повярвам, че се явявам тук заради този спор със съседа ми. Това е найбогатият човек в селото. Но той никога не е помагал, никога не е проявявал съчувствие към другите и аз не смятам, че трябва да се защитавам. Кой ще повярва, че такъв алчен човек може да напълни една торба с почти сто монети и да я пусне през комина на съседа си? Мисля, че е ясно, че той, горкият, ме е дебнел и като е видял парите ми, от алчност е измислил тази история.

– Да я измисля ли? Проклет старец! – креснал богаташът. – Знаеш, че всичко беше така, както казвам. Дори ти не вярваш в тая лъжа, че Господ ти е пратил парите. Върни ми торбата.

– Ваша чест, този човек наистина е полудял.

– Така е! Полудявам, когато ме крадат. И настоявам да ми върнеш торбата.

Съдията се озадачил. Бил длъжен да вземе решение по спора на двамата мъже. Но кое ще е най-справедливото?

– Върни ми парите, стари мошенико – продължавал богаташът. – Тези пари са мои, само мои.

В един миг богатият прескочил дървените перила, които ги делели, и вече побеснял, се опитал да издърпа торбата от ръцете на стареца.

– Тишина! – викнал съдията. – Тишина!

– Виждате ли, господин съдия! Полудял е от алчност. И няма да се учудя, ако получи кесията, да каже, че и колата, с която дойдох, е негова.

– Разбира се, че е моя – рекъл тутакси богаташът. – Аз ти я дадох.

– Виждате ли, Ваша чест? Остава само да каже, че и собственото ми палто е негово.

– Естествено, че е мое! – креснал, вече извън себе си от гняв, богатият. – Мое е, всичко е мое: кесията, парите, колата, палтото... Всичко е мое! Всичко!

– Стига! – рекъл съдията, който вече нямал никакви съмнения. – Не те ли е срам да искаш да отнемеш и малкото, което клетият старец има?

– Но... но...

– Никакво „но“. Ти си алчен използвач – продължил съдията. – За опитите ти да измамиш клетия старец те осъждам на една седмица затвор и да платиш на съседа си обезщетение от петстотин златни монети.

– Простете, Ваша чест – обадил се старецът. – Мога ли да кажа нещо?

– Да, старче.

– Мисля, че човекът си научи урока. И въпреки че ме обвини, ви моля да отмените присъдата и да го задължите да ми плати само една символична глоба.

– Много си великодушен, стари човече. Какво предлагаш? Още сто монети? Или петдесет?

– Не, господин съдия. Мисля, че ще е справедливо да плати само една монета.

Съдията ударил с чукчето по масата и обявил:

– Благодарение на великодушието на този човек, а не по решение на съда, на обвинителя се налага символична глоба от една златна монета, която трябва да заплати веднага.

– Възразявам! – отвърнал богаташът. – Не съм съгласен!

– Освен ако осъденият не отхвърли любезното предложение на този добър човек и не предпочете нашата по-сурова присъда.

Вече примирил се, богаташът извадил една монета и я дал на стареца.

– Въпросът е решен.

Богатият препуснал с колата си и се махнал от селото. Съдията поздравил стареца и се оттеглил. А старецът вдигнал очи към небето.

– Благодаря ти, Господи. Вече не ми дължиш нищо.

– Може би сега, Демиан, имаш всичко необходимо, за да се пробудиш напълно по въпроса за приемането и борбата.

Както каза *Дебелия*:

Едно е да се примириш, а друго – да приемеш.

ЧАСОВНИКЪТ, КОЙТО Е СПРЯЛ НА СЕДЕМ ЧАСÀ

Бях в много щастлив период!

Всичко в мен вреше и кипеше с израстването ми. И не само трупах знания, но се чувствах, без да проявявам излишна скромност, все по-мъдър, с по-ясни мисли и по-съсредоточен.

Всичко беше прекрасно и макар някои неща да не бяха такива, каквито ми се искаше, ги приемах спокойно, защото чувствах, че мога да посрещна без страх трудностите.

– Страхотно е, Хорхе. Винаги ли живееш така?

– Сам си отговори.

– Ако това е част от пробуждането, ти, който си преживял повече пробуждания от мен, сигурно се чувстваш винаги така.

– Не – отвърна *Дебелия*. – Невинаги.

– Като знам вече поговорката „Общата беда – утеха за всички", искам да те питам дали на другите, на повечето хора, също им се случва да имат светли и мрачни моменти?

– Мисля, че да... Сигурно затова от известно време в главата ми се върти един разказ на Папини. Казва се *Часовникът, който е спрял на седем часà*.

– Ще ми го разкажеш ли?

– Да, въпреки че да разкажеш разказ, написан така фантастично, значи да му отнемеш повече от три четвърти от красотата. Но какво пък...

Този разказ на Папини е монолог на един герой, който пише самотно в стаята си.

На едната стена в стаята ми е окачен красив старинен часовник, който вече не работи. Стрелките му, спрели открай време, сочат невъзмутимо един и същи час – точно седем.

Открай време този часовник е само ненужна украса върху белезникавата празна стена. И все пак има два момента през деня, два кратки мига, в които старият часовник сякаш се възражда отново от пепелта като птицата феникс.

Когато в лудия си бяг всички часовници в града ударят седем часа̀ и механичните кукувички и гонгове заповтарят по седем пъти своята песен, старият часовник в моята стая сякаш оживява. Два пъти на ден, сутрин и привечер, часовникът е в пълна хармония с останалия свят.

Ако някой види часовника точно в тези моменти, би казал, че върви чудесно... Но след това, когато песента на другите часовници стихне и стрелките им продължат по скучния си път, моят стар часовник застива, верен на часа, в който някога е спрял.

Но аз обичам този часовник. И колкото повече говоря за него, повече го обичам, защото чувствам, че приличам все повече на него.

И аз съм застинал във времето. И аз се чувствам прикован и замрял. И аз донякъде съм излишна украса на една празна стена.

Но се радвам на кратките мигове, в които идва като по чудо и моят час.

Тогава чувствам, че съм жив. Всичко е ясно и светът е прекрасен. В такива мигове мога да творя, да мечтая, да летя, да казвам и чувствам повече неща, отколкото през цялото останало време. Това хармонично общение настъпва и се повтаря непрестанно, като неумолима закономерност.

Когато го изпитах за пръв път, исках да се вкопча в мига, мислейки, че мога да го задържа завинаги. Но не стана така. И на мен, както на моя приятел – часовника, времето на другите ми се изплъзва.

...Когато моментът отмине, часовниците, намерили убежище при други хора, продължават своя ход, а аз се връщам към обичайното вцепенение, към работата си, бъбренето в кафето, към скучния ход, който обикновено наричам живот.

Но знам, че животът е нещо съвсем друго.

Знам, че животът, истинският живот, е сбор от онези мигове, които, макар и кратки, ни карат да усетим, че сме в хармония с Вселената.

Почти всички смятат, горките, че живеят.

А има само мигове на пълнота и онези, които не го знаят и упорито искат да живеят вечно, ще бъдат осъдени да останат в света на сивия и еднообразен ход на ежедневието.

Затуй те обичам, стари часовнико. Защото ти и аз сме едно.

– Това, Демиан, е бледо отражение на една литературна перла на Папини, която те моля да прочетеш някой ден. Днес ти я показах, за да видиш гениалната метафора: може би всички живеем в хармония само в някои моменти. И може би сега, в това настояще, мигът на истинския живот съвпада с твоя час. Ако е така, радвай му се, Демиан. Да не би да отмине... твърде бързо.

След време прочетох оригиналния разказ на Папини *Часовникът, който е спрял на седем часа̀*. И както каза *Дебелия*, беше истинска перла. Но дори и сега, когато имам книгата в библиотеката си, не мога да забравя онзи разказ на Хорхе, който може би нямаше голяма художествена стойност, но ми донесе такава полза в онзи момент, каквато наслада ми достави оригиналът след години.

ЛЕЩАТА

Моят терапевт отново не грешеше. Периодът на щастие и пълна хармония отмина и вечните въпроси за истината, за другите и за самия мен изникнаха отново. Бях много потиснат от нещо съвсем тъпо на пръв поглед: за трети път в годината един колега от офиса получаваше по-голямо увеличение на заплатата от мен. Смятах, че съм съвсем обективен съдник по отношение на работата си, и знаех, че я върша доста добре. Нещо повече, бях сигурен, че съм много по-способен и усърден от колегите си.

– Но работата е там, че Едуардо е мазник.

– Какво е?

– Мазник, подлога.

– Странна реакция, изразена само на жаргон.

– Все тича след шефа да му покаже какво е свършил, какво е направил, какво е постигнал, без да споменава онова, с което не се е справил. И шефът, който не е глупак, разбира това, сигурен съм, че го разбира. Но въпросът е, че когато не се фука, Едуардо го ласкае.

– И май това е слабото място на шефа.

– Сигурно, защото дойде ли време за награди, подмазвачът получава премия, разбира се.

– Говори ли с шефа си?

– Ами да. Той казва, че съм поставял всичко под въпрос, че съм имал лош характер и това ми намалявало точките.

– С други думи, според теб той ти казва, че ако си ласкател като Едуардо, ще те възнагради с повече повишения, повече точки и по-голяма заплата.

– Така излиза.

– Добре, тогава всичко е ясно. Знаеш каква е целта, какъв е начинът за постигането ѝ и си способен да я постигнеш. Какво повече искаш? Останалото зависи от теб.

– Не искам.

– Какво не искаш?

– Не искам да се съгласявам непрекъснато с всичко, за да получа малко повече пари...

– Това ми харесва, Демиан. Но не мисли, че то се отнася само за работата ти.

– Не виждам връзката с онова, което става другаде. Но от теб съм научил, че никога нищо не се отнася „само за едно нещо", затова не знам дали така става само в работата. Не знам.

– Когато Рикардо не те избра да участваш в представлението във факултета и предпочете Хуан Карлос, не изпита ли същото?

– Да.

– А когато преди месеци ми разказа, че приятелката ти Лаура се отдръпнала от теб, защото предпочитала да бъде с хора, които не говорят неприятни за нея неща, не беше ли същото?

– Да! Същото е... Значи, за да не останеш сам, трябва да се насилваш да бъдеш това, което не си.

– Говори в първо лице, моля...

– Ако не искам да остана сам, трябва да лаская, трябва да съм съгласен с всеки, трябва да съм божа кравичка, да си затварям устата или да я отварям само за да дадакам...

– Това, без съмнение, е единият начин. А другият е този на Диоген.

– Какъв е начинът на Диоген?

– Начинът на Диоген.

Един ден Диоген ядял леща, седнал пред някаква къща.

В цяла Атина нямало по-евтино ядене от тази манджа.

С други думи, щом ядеш леща, значи съвсем си закъсал.

Минал един от министрите на императора и му рекъл:

– А, Диоген! Ако се беше научил да си по-покорен и да ласкаеш малко повече императора, нямаше да ядеш толкова леща.

Диоген спрял да яде, вдигнал поглед, взрял се в богаташа и му отвърнал:

– Бедни ми братко, ако се беше научил да ядеш малко леща, нямаше да има нужда да си покорен и да ласкаеш толкова императора.

– Това е начинът на Диоген. На самоуважението и на личното достойнство, въпреки нуждата ни от одобрение.

Всички имаме нужда от одобрението на другите. Но ако цената за това е да престанем да бъдем себе си, тя не само е твърде висока, но се превръща и в някакво нелепо лутане: заприличваме на онзи мъж, дето си търсел мулето из цялото село, яхнал... самото муле.

ЦАРЯТ, КОЙТО ОБИЧАЛ ЛАСКАТЕЛСТВАТА

– Мислих доста и разбрах, че има много неща, за които трябва да плащам висока цена. А това ме кара да не се чувствам много добре.

Като че ли се въртя в някакъв кръг и не мога да изляза от него. Какво може да направи човек, за да разбере предварително дали цената, която трябва да плати за нещо, е висока, ниска или заслужена? С материалните неща е лесно, защото тя горе-долу е установена. Но кое е мерилото за всичко останало?

– Изглежда, първо трябва да разбере какво значи висока цена. Какво значи да плати скъпо.

– Да платиш скъпо е да платиш много.

– Да проверим от гледна точка на материалното. Сто хиляди долара много ли е?

– Да, разбира се.

– Тогава един *Джъмбо Джет**, който се продава за сто хиляди долара, е скъп.

– Е, зависи за кого. За мен – да.

– Защо?

– Защото нямам сто хиляди долара, нито мога да ги намеря.

– Не, Демиан. Не правиш разлика между скъпото и ценното. Ако един *Джъмбо* се продава за сто хиляди долара,

---

*Наименование на „Боинг-747", мощен турбореактивен пътнически самолет. – Б. пр.

той е евтин, независимо дали имаш тези пари, или ги нямаш.

– Тогава какво става?

– Дали нещо е скъпо, или е евтино, се определя от съотношението между цената (колко струва) и стойността му (колко е ценно). А не между цената и парите, които ти имаш. Скъпо, Демиан, е онова, което струва повече, отколкото заслужава.

– Повече, отколкото заслужава... Разбира се, затова чувствам, че за много неща плащам скъпо... Сега разбирам.

– Стойността на нематериалните неща – продължи Хорхе, – а понякога и на материалните, е толкова субективна, че само всеки сам може да определи дали дадена цена е заслужена, или не е. Но всички притежаваме и богатства, които според мен не умеем да ценим достатъчно. Едно от тях е достойнството. Струва ми се, че собственото достойнство, самоуважението, както ти казах веднъж, е толкова ценно, че винаги ти излиза твърде скъпо, когато плащаш с него.

Имало някога един цар, който бил толкова суетен, че си изгубил ума. Суетата кара винаги хората да си губят ума.

Този цар заповядал да построят в градините на двореца един храм и в храма да сложат огромна статуя на самия него, седнал в поза лотос.

Всяка сутрин след закуска той отивал в своя храм, коленичил пред статуята си и боготворял самия себе си.

Един ден си помислил, че религия само с един следовник не е нищо особено. И така решил, че трябва да има повече поклонници.

Тогава заповядал всички войници от царската гвардия да коленичат пред статуята поне веднъж на ден. Това трябвало да правят и всички слуги и министри в царството му.

С времето лудостта му растяла и понеже смирението на тези, които го заобикаляли, не му стигало, един ден заповядал на царската гвардия да отиде на пазара и да доведе първите трима души, които срещне.

– С тях – помислил си той – ще покажа силата на вярата в мен. Ще им заповядам да се поклонят пред моята статуя и ако са умни, ще го сторят; ако ли не, ще се простят с живота.

Гвардията отишла на пазара и довела един интелектуалец, един свещеник и един просяк, които наистина били първите трима, които срещнала.

Те били отведени в храма и представени на царя.

– Това е образът на единствения, на истинския Бог – рекъл им той. – Трябва да коленичите пред него или животът ви ще бъде пожертван в негова чест.

Интелектуалецът си помислил: „Царят е луд и ако не се подчиня, ще ме убие. Явно това е по-силно от мен. Никой не може да ме съди, че ще го направя без вътрешно убеждение, за да остана жив и да служа на обществото, към което принадлежа“. И коленичил пред статуята.

Свещеникът си помислил: „Царят е полудял и ще изпълни заканата си. Аз съм избраник на истинския Бог, затова моето свещенодействие придава святост на мястото, където се намирам. Няма значение на чий образ се кланям. Ще отдам почит на истинския Бог“.

И коленичил.

Дошъл ред на просяка, който не помръдвал.

– Коленичи! – рекъл царят.

– Ваше Величество, аз не дължа нищо на хората от народа, които почти винаги ме изритват от прага на домовете си. Не съм и ничий избраник, освен на шепата въшки, които едва оцеляват на главата ми. Не мога нито да съдя някого, нито да се прекланям пред нечий образ. А колкото до живота ми, не смятам, че е нещо толкова ценно, че да си струва да ставам за смях, за да го запазя. Затуй, господарю, не виждам никаква причина да падам на колене.

Казват, че царят толкова се трогнал от отговора на просяка, че получил просветление и започнал да осъзнава собствените си дела.

Благодарение на това, според легендата, царят се изцерил и заповядал на мястото на храма да издигнат фонтан, а вместо статуята да сложат огромни саксии с цветя.

ДЕСЕТТЕ БОЖИ ЗАПОВЕДИ

В тази приказка царят получил просветление от думите на просяка и това променило живота му, но след последния сеанс аз се втрещих.

Усетих отново, че някаква завеса се дръпва и излага на показ безкраен низ от ситуации, факти, мисли и действия, които лудо се завъртат в главата ми, едни през други, едни през други...

Почувствах, че от мига, в който бях открил значението на думите „скъп“ и „евтин“, целият ми живот се бе преобърнал.

За колко неща бях платил твърде скъпо в живота си! И колко бях получил, без да съзнавам, че са ми излезли твърде евтино! Алчност и прахосничество – двете крайности на една и съща грешка.

Скъперникът и прахосникът – двете същности, които битуват и съжителстват в мен свързани, но всяка с амбицията да се разграничи в надпреварата, да изплува, да надделее... Играта на противоположностите, за която Хорхе говореше толкова!

Каква налудничава идея, че всички неща на този свят вървят две по две. Всяко със своята противоположност.

– Всеки доктор Джекил със своя мистър Хайд.

– Винаги ли е така? – попитах Хорхе.

– Да, Демиан, винаги. Защото светът, в който живеем, е един огромен ин и ян – двете части на едно цяло, единствено и невидимо. Две половинки, които могат да се разграничат само за да бъдат разбрани, но не могат да съществуват поотделно. Виж...

Дебелия стана и отиде до гардероба. Отвори вратата му, започна да рови в безпорядъка вътре и извади едно фенерче. Натисна копчето му и понеже фенерчето не светваше, го удари два-три пъти, за да проработи. После загаси лампата в стаята и освети с фенерчето прозореца, който беше със спуснати щори.

– Виждаш ли лъча светлина? – попита ме той.

– Да, разбира се.

– Защо?

– Защото фенерчето свети – отвърнах аз колебливо, без да знам накъде бие.

– Сега отвори щората.

Направих го.

– А сега? – запита, насочвайки лъча към прозореца, през който влизаше пряката обедна светлина.

– Какво сега? – отвърнах.

– Сега фенерчето свети ли, или не свети?

– Не знам.

– Как така? Не виждаш ли светлината?

– Не, сега не я виждам.

– А знаеш ли защо?

– Ами защото слънцето... – понечих да обясня.

– Не можеш да я видиш, защото за да доловиш светлината, имаш нужда от тъмнина. Разбираш ли? Нещата съществуват само благодарение на противоположното. И това важи за светлината и мрака, за деня и нощта, за мъжкото и женското начало, за силата и слабостта...

Дебелия угаси фенерчето, захвърли го в гардероба, седна и продължи, изпадайки почти в екстаз:

– Така е във външния свят, но естествено – и във вътрешния. Как бихме могли да усетим най-силните си страни, ако не притежавахме и слабости? Как бихме могли да се учим, ако не беше невежеството ни? Как бихме могли да бъдем мъже или жени, ако нямаше жени и мъже? И освен това, как да бъдем сигурни, че се раждаме стопроцентови момченца или момиченца, щом всяка клетка в тялото ни носи петдесет процента информация за единия пол и петдесет процента информация за другия?

Носим в себе си по двойки, със съответните противоположности, всичките си качества, способности, добродетели и недостатъци. Искам да кажа, че никой от нас не е само добър, нито само интелигентен, нито само смел. Добротата, интелектът и смелостта ни съжителстват винаги с лошотията, с глупостта и със страха ни.

Всички сме чували, че онези, които се мъчат да покажат, че са нещо повече, всъщност се чувстват доста по-нисши. И е вярно.

Абсолютно същото е и с останалите ни качества: когато една черта изпъкне над всички други, това невинаги е признак, че тя надделява у нас, защото много често този факт говори само за едно голямо усилие да се прикрие и да се избегне противоположната черта, да ѝ се окаже съпротива и да се потисне.

– Но ако това, което казваш, е вярно, то зад всеки добър човек винаги се крие някое потиснато копеле – прекъснах го ядно.

– Не бих посмял да твърдя, че винаги е така. Казвам само, че понякога е така... И дори смея да кажа, че този добър човек сигурно е направил нещо с лошия, който също живее в него. И това, което е направил, не е станало даром, а е платил огромна цена. Може би искам да ти кажа, че важното е да знаеш **какво криеш и защо го криеш**.

– Стига! – възразих.

– Щом започваш да се вкисваш, ще ти разкажа една приказка, преди да си тръгнеш.

Веднъж пред небесните порти се събрали няколкостотин душѝ, напуснали телата на мъжете и жените, умрели същия ден.

Свети Петър, известен като пазител на райските порти, следял за реда.

– По заръка на *Главния* ще се подредите в три големи групи според това дали сте спазвали десетте Божи заповеди.

В първата група са онези, които са нарушили всички заповеди поне веднъж.

Във втората са онези, които са нарушили веднъж поне една от десетте заповеди.

И в последната, за която смятаме, че ще е наймногобройната, са онези, които никога в живота си не са нарушили нито една от десетте заповеди…

…И така – продължил свети Петър, – тези, които са нарушили всички заповеди, да отидат вдясно.

Повече от половината душѝ застанали вдясно.

– А сега – викнал той – онези, които са нарушили някоя от заповедите, да застанат вляво.

Всички останали душѝ отишли вляво. Е, почти всички...

Всъщност всички без една.

В средата останала душата на един добър човек. През целия си живот той следвал пътя на добрите чувства, на добрите мисли и на добрите действия.

Свети Петър се изненадал. В групата на найдобрите останала само една душа.

И веднага се обадил на Господ да го уведоми.

– Виж, нещата стоят така: ако спазваме началния план, горкият човек, останал в средата, няма да се радва на блаженството, а ще умре от скука в пълна самота. Чини ми се, че трябва да направим нещо по въпроса.

Господ се изправил пред групата и рекъл:

– Греховете на онези, които се разкаят веднага, ще бъдат опростени и забравени. Всички, които се разкайват, могат да минат в средата при чистите и непорочни души.

Малко по малко всички започнали да се придвижват към средата.

– Спрете! Не е честно! Измама! – викнал един глас. Това бил гласът на праведника. – Не може така! Ако ме бяхте предупредили, че ще опростите греховете ни, нямаше да опропастя живота си...

КОТКАТА НА АШРАМА*

– Хорхе, какво ще стане, ако ти кажа, че искам да си почина малко?

– Какво ще стане с кое?

– Какво ще стане с нас, с лечението?

– Не разбирам, Демиан...

– Въпросът ми е: мога ли да реша сам дали искам да си почина малко от терапията?

– Виж, не знам какво ме питаш. Но ще ти дам единствения логичен отговор, който ми идва наум. Ако ме питаш дали можеш да минеш известно време без терапията, ще ти кажа, че в момента, разбира се, можеш. Нещо повече, откровено смятам, че си в състояние да продължиш пътя си сам, когато решиш.

Усмивката, с която *Дебелия* ми каза това, беше единственото успокоително нещо в този разговор. Бях отишъл да искам разрешение от Хорхе и той не само ми го даде, но и сякаш ме насърчаваше да го направя.

– Кажи, да не би да ме гониш, Хорхе? – запитах го, за да се уверя.

– Да не си полудял, Демиан? Искаш да разбереш дали можеш да си починеш и като ти казвам, че можеш, ме питаш дали не те гоня... Какъв отговор очакваше?

---

*В Индия – духовно общежитие, манастир или жилище на духовен учител, където той проповядва идеите си на своите ученици. – Б. пр.

– Истината, Хорхе: толкова съм свикнал с отрицателните отговори на други психолози, че това равнодушие ме изненадва...

– Може ли да ми кажеш какво очакваше?

– Най-малкото, че както е ставало с всички мои познати, първата реакция на терапевта ще бъде да разтълкува желанието за напускане като съпротива срещу лечението.

– Но ти не можеш да очакваш от мен тълкувания.

– По принцип не, но беше една възможност. Другата е да се развикаш, да ми се ядосаш и да ме изгониш.

– Виж ти, сега наистина ще те разтълкувам: значи трябва да те уверя колко си важен за мен, колко ме боли, че си тръгваш, и как не мога да понеса мисълта, че ще те изгубя.

Почувствах се така, сякаш съм гол.

– Добре, ще бъда съвсем откровен – продължи *Дебелия*. – Наистина е важно за мен, че си тръгваш, защото те обичам много. Не ме боли, че го правиш, защото го приемам като твое решение и наистина съжалявам, но трябва да ти кажа, че мога да го понеса. Но в никакъв случай не се ядосвам и не те гоня.

– А другата възможност... – Не успях да довърша изречението.

– Другата възможност ли? – насърчи ме *Дебелия*.

– Другата възможност е да ме оставиш да си тръгна, както правиш.

– И какъв е проблемът?

– В случая – никакъв.

– Все по-малко те разбирам.

– А после?

– После...

– Като поискам да се върна...

– Какво като поискаш да се върнеш?

– Мога ли?

– Защо да не можеш, Демиан?

– Защото всички приятели, които са ходили на терапия, са ми казвали ужасни неща за тези прекъсвания. От неясни заплахи за връщане на болестта до откровени предупреждения за кризи. От съмнения дали терапевтът ще има време да те приеме отново до заклеймяването, че „пациент, който напуска, не може да се върне“.

– А, сега разбирам откъде идват опасенията ти. Колкото до мен, можеш да си почиваш, когато искаш, и да се връщаш, когато пожелаеш. Ограниченията зависят от това да е удобно и за двама ни, от успеха на работата според терапевтичния модел и разбира се, от това докъде е стигнал пациентът.

Хорхе направи пауза, отпивайки от матето.

– Работата е там, че от едно наистина необходимо в някои случаи правило се е стигнало до нелепо обобщение.

– Както винаги ли?

– Както често... Да ти разкажа ли една приказка?

Имало някога в Индия един гуру, който живеел с последователите си в своя ашрам.

Веднъж на ден, по залез-слънце, учениците се събирали при гуруто да чуят проповедите му.

Един ден в ашрама се появила красива котка. Където и да отидел, тя вървяла по петите на гуруто.

И така винаги, когато изнасял проповедите си, котката все се мотаела в краката на учениците му, разсейвала ги и те не можели да чуят проповедта на учителя си.

Затова учителят заповядал да връзват котката пет минути преди началото на всяка беседа, та да не им пречи.

Минало време и един ден гуруто умрял.

Най-възрастният му последовател станал новият духовен водач в ашрама.

Пет минути преди първата му проповед той заповядал да вържат котката.

Помощниците му търсили двайсет минути животното, за да го вържат...

След време котката умряла.

Новият гуру наредил да донесат друга котка, за да има какво да връзват.

ДЕТЕКТОРЪТ НА ЛЪЖАТА

– До гуша ми дойде! – оплаках се аз.

– От какво ти дойде до гуша, Демиан?

– Да ме лъжат! Писна ми да ме лъжат!

– И защо те е яд толкова на лъжата? – запита Хорхе, сякаш се оплаквах, че дъждът е мокър...

– Как защо? Защото е ужасно! Всички, които ме лъжат, които ме мамят и ме оплитат в лъжите си, ме дразнят.

– Оплитат ли те? И как успяват да те оплетат?

– Лъжат. Така успяват.

– Но това не е достатъчно, Демиан. Те могат да си лъжат колкото искат, а на теб да ти е смешно, като слушаш историите им...

– Но аз лесно се лъжа, Хорхе. Доверчив съм, вярвам им... Всеки кретен може да дойде, да измисли някаква глупост и аз да му повярвам. Такъв глупак съм!

– А защо им вярваш?

– Защото... Защото... Не знам защо им вярвам, по дяволите. Мамка им! – викнах. – Не знам... Не знам...

Дебелия ме гледаше известно време мълчешком, а после добави:

– Вече знаеш, че е по-добре да не се ядосваш. Но засега, щом така и така си ядосан, най-добре е да ги оставиш да те ядосват и да се пребориш с яда си.

Знаех какво имаше предвид *Дебелия*.

Хорхе ми казваше, че ядът, любовта или страданието са батериите на тялото; че чувството е енергията, предшестваща движението; че емоцията е нищо без действието; че опиташ ли да ги изключиш, може да се побъркаш, да се погубиш, да се разцентроваш...

А аз правех точно това: мъчех се да обуздая изблика си в дадената ситуация.

Моят терапевт седна на земята, притегли една възглавница и я сложи пред себе си. И без да продума, потупа възглавницата, канейки ме да поработя с нея.

Знаех какво ми предлага Хорхе. Седнах мълком от другата страна на възглавницата и започнах да удрям по нея с юмруци.

По-силно.

По-силно!

По-силно!

Удрях... удрях... и удрях.

А после закрещях.

Ругаех.

И продължих да удрям.

И удрях...

Удрях...

Докато не капнах, задъхан и изтощен...

Дебелия изчака да си поема дъх, след туй сложи ръка на рамото ми и попита:

– По-добре ли си?

– Не – отвърнах аз. – Може би ми поолекна, но не се чувствам по-добре.

– Зависи от критериите – каза Хорхе. – Мисля, че винаги е по-добре да се разтовариш...

Облегнах се за миг на гърдите му да се успокоя. След няколко минути *Дебелия* ме попита:

– Няма ли да ми кажеш какво се е случило?

– Не, Хорхе, не. Самата история няма значение. Поне това ми е ясно вече. Но трябва да разбера защо приемам така тия неща. Чувствам, че твърде много се впрягам.

– Добре, да започнем отнякъде. Опитай се да ми кажеш накратко какъв смяташ или чувстваш, че е проблемът.

Седнах по-удобно на пода, подсмръкнах леко и се помъчих да започна:

– Работата е там, че когато... – *Дебелия* ме прекъсна веднага:

– Не, не, не. Кажи го като телеграма. Сякаш всяка дума ти струва цяло състояние.

Замислих се за малко.

– Дразня се, когато ме лъжат – изрекох накрая.

Бях доволен.

Това беше фразата.

Пет думи.

Едно наистина кратко послание.

Погледнах *Дебелия*.

...Мълчание.

Реших да вложа още от себе си, един допълнителен разход, та телеграмата да стане по-истинска:

– Страшно се дразня, когато ме лъжат! Това е!

Дебелия се усмихна и направи онази физиономия на добродушен дядо, която често правеше и която аз тълкувах понякога като „колко си глупав, синко", а друг път – като силна прегръдка: „с теб съм" или „всичко е наред".

– Дразня се! – повторих аз.

– Когато те лъжат! – довърши Хорхе.

– Когато ме лъжат! – рекох.

– Когато ТЕ лъжат – отбеляза той.

– Да, когато МЕ лъжат. – Не знаех накъде бие. – Защо се смееш? – запитах го накрая.

– Не се смея. Усмихвам се...

– Какво има? – попитах пак. – Нищо не разбирам.

– Знам точно докъде си стигнал. И не защото съм го прочел някъде. Знам го, защото доста дълго в живота си и аз бях стигнал дотам... А се усмихвам от симпатия, защото разпознах себе си, познах собственото си *аз* от друго време, открих го в поведението ти...

– Това не ми помага, Хорхе. Не ми стига да знам, че и ти си минал по този път. Не ме успокоява фактът, че целият свят минава по този път. Днес не ми е достатъчно!

Лицето на *Дебелия* беше все още като на състрадателен Буда.

– Да, знам. Знам, че не ти стига. Но тръгваш ли си вече?

– Не, не си тръгвам!

– Добре, успокой се тогава. Искаше да знаеш защо се усмихвам и аз исках да ти обясня. Това е всичко.

Хорхе седна отново на фотьойла си.

– Дразниш се, когато те лъжат.

– Да!

– А какво те кара да мислиш, че те лъжат?

– Как какво ме кара да мисля, че ме лъжат? Казват ми нещо и рано или късно узнавам, че то не е вярно.

– Аха. Но бъркаш казването на истината с това да не лъжеш.

– Но как? Не е ли едно и също?

– В никакъв случай!

Привидно логичната линия на мисълта ми се бе сблъскала с гранитна стена... Единствената ми утеха беше да смятам, че щом объркването е врата, водеща към яснотата – както казваше *Дебелия*, – то сигурно съм пред прага на най-висшето просветление, защото не разбирах абсолютно нищо.

– Много просто! – започна Хорхе.

– Просто за теб! – прекъснах го аз.

Дебелия се засмя от сърце. И продължи:

– Да казваш или да не казваш истината, е различно от това да лъжеш. Ще ти дам един пример.

Преди много години, когато бил измислен детекторът на лъжата, всички адвокати и познавачи на човешкото поведение били във възторг. Този апарат е създаден на базата на серия от сензори, долавящи физиологичните промени като потене, свиване на мускулите, ускоряване на пулса, движения или потрепване на очите, които се получават при всеки индивид, когато лъже.

По онова време опитите с „машината на истината“, както я нарекли накрая, били много разпространени.

Веднъж на един адвокат му хрумнало да извърши много странен опит. Преместил апарата в психиатричната клиника на града, за да го изпробва на един болен: Дж. К. Джоунс. Господин Джоунс бил психопат и в умопомрачението си твърдял, че е Наполеон Бонапарт. И може би защото бил учил история, познавал отлично живота на великия корсиканец и споменавал съвсем точни дребни подробности от него в първо лице и в логична и смислена последователност.

Лекарите сложили господин Дж. К. пред детектора на лъжата и след рутинната подготовка го попитали:

– Вие Наполеон Бонапарт ли сте?

Пациентът се замислил за миг и след това отговорил:

– Не! Откъде ви хрумна? Аз съм Дж. К. Джоунс.

Всички се усмихнали, освен оператора на детектора на лъжата, който заявил, че господин Джоунс лъже.

Апаратът показвал, че когато пациентът казвал истината (тоест когато твърдял, че е господин Джоунс), той лъжел, защото смятал, че е Наполеон.

АЗ СЪМ ПИТЪР

Фактът, че някой може да лъже, когато казва истината, и логичната противоположност, тоест възможността да е искрен, говорейки лъжи, обърка напълно мислите, които се въртяха в главата ми.

– Ужасно е, Хорхе – казах аз. – Това значи, че истината се превръща в съвсем субективно понятие и на всичко отгоре – относително.

– Във всички случаи след казаното се обърква понятието за лъжа, но не и понятието за истина. Истината може да си е все така абсолютна, дори и да допуснем, че когато някои лъжи се представят за истина, това не е лъжа. И все пак, тъй като идеята ни за истината е тясно свързана с ценностната ни система, винаги ще стигаме до твоето заключение (с което точно затова, а и по други причини съм съгласен): истината е относителна, субективна и позволи ми да добавя – променлива и частична.

– Така е – съгласих се аз. – И онова, което ти казах одеве, изобщо не се променя. Дразня се, когато ме лъжат. С други думи, независимо дали е вярно или не, се дразня, когато ми казват нещо, за което знам, че не е истина. Въпреки относителната, субективна и частична истина на този, който го казва. Дразня се, когато ме лъжат...

– А защо смяташ, че те лъжат?

– Пак ли? – отвърнах аз. – Пак ли?

– Питам те защо смяташ, че лъжат ТЕБ.

– Как така защо? Нали на мен казват въпросната лъжа – рекох разпалено.

– Не се ядосвай. Мисля, че когато някой лъже – той лъже! Тоест: не ТЕ лъже; не МЕ лъже. А просто ЛЪЖЕ! И в най-добрия случай СЕ лъже.

– Не!

– Да! Защо хората лъжат, Демиан? Помисли. За какво?

– Откъде да знам! По хиляди причини...

– Кажи ми поне една. Например за случая, след който дойде в кабинета ми в лошо настроение.

– За да скрият нещо лошо, което са направили.

– И защо да го крият?

– За да не ги обвини някой.

– И защо не искат някой да ги обвини?

– Защото знаят, че ще осъди постъпката им.

– И защо не искат някой да ги съди?

– Защото е важно за тях.

– И?

– И... не искат да носят вина.

– Тоест, за да не поемат отговорност.

– Точно така.

– Добре. Да речем, че това е причината за деветдесет и девет на сто от лъжите.

– Предполагам.

– Така. А лъжецът откъде знае, че трябва да носи отговорност? Кой определя отговорността му?

– Никой! Е, самият той.

– Така е. Самият той.

– И какво?

– Не разбираш ли? Лъжецът не се бои от последствията, от обвинението на другите, нито от присъдата им. Той сам се е обвинил и се е осъдил вече. Виждаш ли? Присъдата е произнесена. Лъжецът се крие от собственото си обвинение, от присъдата си и от своята отговорност. И както ти казах, проблемът не е в някой друг, а в този, който лъже.

Застинах. Всичко беше вярно. Знаех, защото го бях наблюдавал отстрани и отвътре. Лъжех, когато сам съм се обвинил и осъдил вече.

– Но е вярно, че ме лъже!

– Толкова вярно, колкото когато майка ми казваше за брат ми Качо: „Не хапва нищо“. Брат ми не ѝ ядеше от месото, нито хапваше от супата ѝ, нито опитваше от крем карамела ѝ, „който е толкова хранителен“...

– Не, не е същото. Когато някой ме лъже, лъже МЕН.

– Не, Демиан. Приемам, че се смяташ за център на твоя свят. Това е така. Но НЕ си център на ЦЕЛИЯ свят. Той лъже изобщо. Не лъже точно ТЕБ. Прави го, защото така е решил, защото така му изнася или защото му се иска. То си е НЕГОВО право. Като кажеш, че лъже ТЕБ, ти създаваш една маниакална препратка към себе си и нещо, което всъщност е негов проблем, се превръща в ТВОЙ проблем. Не се дразни!

– Но това негов проблем ли е?

– Когато човек лъже, за да избегне отговорността, това си е симптом. Колко пъти и двамата сме били свидетели, че в крайна сметка неврозата е само начин да избегнем зрелостта, да избегнем отговорността, която идва с годините?

– Не знам. Трябва да помисля. Във всекидневния живот обикнсвено печели лъжецът, а не онзи, който се дразни.

– Дори когато е така, справедливостта няма нищо общо със здравето. А и всичко зависи от това какво ти смяташ за печалба.

Трудно е човек да направи нещата такива, каквито иска, с лъжи. Смятам, че този, който лъже, може да постигне желаното само за известно време (макар дълбоко в себе си да знае, че този начин е фалшив, измамен, пясъчен замък, граден върху лъжата).

– Но ние не лъжем заради това или не си даваме сметка. Мисля, че поне когато аз лъжа, се стремя към контрол над положението.

– Тоест, към власт...

– Да, в известен смисъл към власт. Аз съм този, който знае истината. Аз те предизвиквам. Аз те лъжа. Аз те мамя. Аз те дразня... Скапана власт, но все пак власт.

– Да ти разкажа ли една приказка?

Хорхе отдавна не ми беше разказвал приказки.

– Давай!

– Е, не чак приказка.

В един от най-мръсните квартали на града имало някакъв ужасен бар.

Вътре било мрачно като в сцена от криминале от черната серия.

Някакъв пиян пианист с кръгове под очите, който едва се виждал сред полумрака и дима на вонящите цигари, дрънкал скучен блус в ъгъла.

Но изведнъж вратата се отворила с трясък. Пианистът спрял да свири и всички погледи се насочили към нея.

Появил се някакъв здравеняк с мускули на ковач, които не се побирали във фланелката му, и с татуировки по ръцете.

Ужасното му лице изглеждало още по-свирепо заради големия белег на бузата му.

И с глас, който смразявал кръвта, мъжът викнал:

– Кой е Питър?

В бара се възцарила напрегната, сковаваща тишина. Здравенякът пристъпил две крачки, грабнал един стол и го запратил в огледалото.

– Кой е Питър?

Едно малко очилато човече отдръпнало стола си от една от страничните маси. Тръгнало безшумно към здравеняка и прошепнало едва-едва:

– Аз... Аз съм Питър.

– А, значи ти си Питър? Аз съм Джак, копеле!

После го вдигнал с една ръка във въздуха и го запратил в огледалото. Сграбчил го и му фраснал два юмрука, които едва не му отнесли главата. След туй стъпкал очилата му. Разкъсал дрехите му и накрая го хвърлил на земята и заскачал върху корема му.

Тънка струйка кръв потекла от ъгълчето на устните на човечето, което лежало на пода почти в несвяст.

Здравенякът отишъл до вратата и преди да си тръгне, рекъл:

– Никой не може да си прави майтап с мен. Никой!

И изчезнал.

Щом вратата се захлопнала, двама-трима мъже се приближили да помогнат на жертвата от побоя. Сложили го да седне и му подали едно уиски.

Човечето избърсало кръвта от устата си и започнало да се смее – първо тихичко, а после с все гърло.

Хората го погледнали, смаяни. Да не е превъртял от побоя?

– Нищо не знаете вие – рекло то. И продължило да се смее. – Аз наистина си направих майтап с тоя идиот.

Умиращи от любопитство, другите го затрупали с въпроси.

Кога?

Как?

С жена ли?

За пари ли?

Какво му направи?

В затвора ли го прати?

Човечето продължило да се смее.

– Не, не. Направих си майтап с тоя глупак тук, пред всички! Защото аз... Ха-ха-ха! Аз...

...Аз не съм Питър!

Тръгнах си от кабинета, като се смеех от сърце. Представях си пребитото човече, което смяташе, че си е направило майтап със здравеняка.

И като изминах няколко преки, смехът ми премина и ме завладя странно чувство на самосъжаление...

СЪНЯТ НА РОБА

Вече бях забравил за раздразнението си от онзи ден.

Чувствах, че темата за самата лъжа ме интересува много повече.

Цяла седмица бях мислил за това, преоткривайки собствената си склонност да лъжа, спомняйки си своите и чуждите лъжи. И все търсех потвърждения на идеята, която *Дебелия* посял и която избуяваше:

„Ако има някакъв проблем с лъжите,
то той е на лъжеца".

Затрудних се малко с „благородните" лъжи.

В началото ми се струваше, че са от друга категория.

Струваше ми се, че при тях няма място за осъждане и самообвинение.

Дори няма място за бягство от отговорност.

И все пак, като се задълбочих повече, разбрах, че има една цена, която наистина не бих искал да платя, когато лъжех, за да защитя някого. Не исках да застана лице в лице с болката, с безсилието и с яда му.

И на всичко отгоре си давах сметка, че при много от тези благородни лъжи стигах дотам, че се поставях на мястото на другия. Както би казал моят терапевт, идентифицирах се с жертвата. Тогава ми идваха наум мисли от рода на: „Ако това се случи с мен, бих предпочел да не го знам". И така смятах, че имам правото да решавам вместо другите, че не трябва да узнават истината.

В този смисъл осъзнах, че лъжата прилича повече на зловеща манипулация, отколкото на благороден жест.

Какъв ужас!

Отново лъжа, която не се отнася за друг, а за самия мен. Кого щадях? Самия себе си!

Почти всички лъжи са благородни, но благородни за самия човек, за този, който лъже...

– Благородни за самия човек – казах на *Дебелия*.

– Много добре, Демиан. Никога не се бях сещал точно за това. Струва ми се, че е страшна идея – похвали ме той. – „Благородните“ лъжи са винаги съмнителни и повдигат много въпроси, понякога доста сложни от морална и философска гледна точка. Доколкото знам, една от най-важните етични теми е дилемата на Сократ за човека и роба.

За последен път я чух, когато Леа я спомена в една група от двойки, с които работехме заедно. Като я слушах, тя сякаш отекна в мен и смътно си спомних, че съм чел някога тази история, без да ѝ обърна особено внимание. И все пак, като видях каква дискусия възникна сред тези, които слушаха, и осъзнах какви мисли ме спохождат, разбрах, че трябва да съм благодарен на Леа не само за приятелството ѝ...

Историята е много проста.

Разхождам се по безлюден път.
Наслаждавам се на въздуха, на слънцето, на птиците
и се радвам, че краката сами ме водят,
където си искат.
На едно място край пътя откривам
един роб, който спи.
Приближавам се и виждам, че той сънува.
Долавям го по думите и по движенията му...
И знам какво сънува:

робът сънува, че е свободен.
Изражението на лицето му е спокойно и ведро.
Питам се...
дали да го събудя и да му кажа, че това е
само сън,
за да не забравя, че още е роб?
Или да го оставя да спи колкото може
и да се радва, макар и насън,
на тази заблуда?

– Кой е верният отговор?... – запита ме Хорхе.

Свих рамене.

– Няма верен отговор – продължи той. – Всеки сам трябва да потърси своя отговор и той не може да бъде открит извън самия него.

– Мисля, че аз ще се вцепеня пред роба и ще се чудя какво да правя – отвърнах.

– Ще ти подскажа нещичко, което поне в един случай може да ти помогне. Както си вцепенен, приближи се до роба и го погледни. Ако това съм аз, не се чуди:

Събуди ме!

ЖЕНАТА НА СЛЕПЕЦА

Този ден бях настроен критично.

– Ти май смяташ, че няма проблем с лъжата, но да се лъже е лошо. Така са ни учили.

– Сигурен ли си, Демиан? Дали е вярно, че са ни учили да не лъжем? Аз не съм сигурен... Представи си следната сцена (случва се всеки ден във всички къщи и във всички градове)...

Детето току-що е хванато, че лъже.

Бащата, разбран и модерен човек, знае, че не ТАЗИ лъжа е важна, а моралното понятие за лъжа. Така че...

Той спира да прави това, което е правил, и сяда със сина си да му обясни простичко защо винаги, каквото и да става, трябва да казва истината, независимо кой ще пострада...

Звъни телефонът.

Детето, което се мъчи да печели точки, казва:

– Аз ще отида!

И тича да вдигне слушалката.

След малко се връща.

– Застрахователният агент е, тате.

– Ох! Точно сега ли? Кажи му, че ме няма.

– Дали ни учат да не лъжем?

Не мисля. Казват ни, че не трябва да лъжем, да.

Но... дали родителите ни, учителите ни, свещениците и управниците ни учат, че не трябва да лъжем?

Хорхе направи пауза, сръбна мате и продължи:

– Май навлизаме в друга плоскост, личната и субективна плоскост на въпроса: какво става с всеки човек, попаднал на лъжа. Или поне, защо е лошо да се лъже. Хиляди пъти сме виждали, че обществото, в което живеем, не гледа с добро око на непредсказуемите индивиди. Това предполага отслабване на контрола и усложнява правилата на играта в съвместния ни живот, поне в структурата на нашата система. В тази система е лошо да лъжеш, защото, ако го правиш, никога няма да знам точно какво мислиш, какво вършиш, нито какво става с теб. За да запазя контрола над положението, аз, както и останалите, имам нужда от достоверни факти. Ако не мога да се информирам чрез сетивата си, имам нужда от информацията, която ми даваш ти, имам нужда да вярвам, че това, което казваш, е така.

– Но ако не вярвам на това, което ми казват другите – обадих се аз, – не бих могъл и да живея.

– Никой не може да ти попречи да вярваш, Демиан. Аз поставям под въпрос само стремежа ти да забраниш на другия да лъже.

– Но, Хорхе, ако всеки започне да казва каквото му хрумне, ще бъде ад. Ако всички лъжат и никой не вярва на никого, ще настъпи хаос.

– Това е една от възможностите – каза *Дебелия*, – но не е единствената. Има и друга възможност, за която предпочитам да мисля като за по-вероятна. Да речем, че някой лъже, защото, осъждайки себе си, се бои от присъдата на другите. Да речем, че този, който лъже, вече сам се е осъдил.

Но представи си един свободен свят, един свят на безгранични възможности, където нищо не е забранено, неудобно или задължително...

В един такъв свят никой няма да се обвинява, да се осъжда или да очаква критики от другите. И като имаме свободата да лъжем или да не лъжем, като ни е позволено да казваме истината или да я крием, може да стане така, че всички изведнъж да престанем да лъжем и светът да се превърне най-сетне в надеждно и спокойно място...

И това е една възможност, Демиан.

– Сигурен ли си, че това е възможно?

– Не, не съм сигурен. Но нещата, в които съм сигурен, са толкова малко, че предпочитам да вярвам твърдо в тази перспектива, която, макар да не е сигурна, поне има предимството, че е по-желана.

– На теб всеки автобус ти върши работа.

– Не знам дали ми върши работа, но ако е с номера, който чакам, се качвам.

– Кажи, Хорхе. Ако е вярно, че мечтата ти е възможна, защо светът не се решава да премине в това „спокойно и надеждно" място, както ти казваш?

– Защото на първо място, Демиан, трябва да се пребори със страха.

– Кой страх?

– Страхът от истината. Някой ден ще ти разкажа приказката за магазинчето на истината.

– А защо не днес?

– Защото днес е ден за друга приказка...

В едно село живеел мъж с рядка болест на очите.

През последните трийсет години от живота си той бил сляп.

Веднъж в селото дошъл прочут лекар, при когото отишли за съвет.

Лекарят ги уверил, че ако оперира мъжа, може да му върне зрението.

Но жената на слепеца (която се чувствала стара и грозна) не се съгласила...

ЕКЗЕКУЦИЯТА

– Но тогава искреността няма никакво значение за теб – възразих аз.

– Разбира се, че има, Демиан. Въпросът е там, че не искам да я налагам със закон.

– Тогава как ще настъпи този свят, желан и от теб, и от мен?

– С времето ще ти се случва – и вече ти се случва, да срещаш все повече и повече хора в живота си, с които се чувстваш толкова свободен, че нямаш нужда да лъжеш. Ще срещаш хора, на които можеш да позволиш такава свобода да бъдат каквито са, че няма да им дойде и наум да те лъжат. Това са истинските ти приятели. Грижи се за тях – заръча ми Хорхе. – И ако ти и тези приятели разберете, че с вас започва един нов ред...

– Кажи ми, според теб дали прямотата е най-важното нещо за приятелството?

– Да. Но внимавай: прямотата е едно нещо, а искреността – друго.

– Друго ли?

– Друго!

– Нима?

– Искреността идва от искрен, отворен. Спомни си идеята за „свободния достъп“. Ако съм искрен, то в мен няма нищо скрито, до което достъпът да е забранен. В мисълта ми, в чувствата и спомените ми няма нито едно кътче, което да не познавам или да искам да запазя в тайна. А прямотата не е чак такова откровение. За мен тя означава:

„Всичко, което ти казвам, е вярно. Вярно поне за мен". Тоест, „не те лъжа", както би казал ти.

– Значи можеш да бъдеш прям, без да си искрен.

– Точно така. Прямотата, Демиан, е сибаритско* чувство, като Любовта (тази с главна буква). Чувство, присъщо на малцина, на единици.

– Но, Хорхе, ако това е вярно, то в мен може да има кътчета, в които не искам да проникваш, ала това не значи, че не съм искрен. Все едно да кажеш, че да криеш – не значи да лъжеш.

– Поне за мен да криеш – не значи да лъжеш. Но само когато не лъжеш, за да скриеш нещо.

– Пример, моля.

Разговор на една двойка.

– Какво ти е?

– Нищо...

(Да. Нещо става с него и той чувства, че нещо става, макар да не знае какво. Значи лъже.)

Друг случай:

– Какво ти е?

– Не знам...

(Да. Нещо става с него и той знае какво е. Значи лъже.)

Още един:

– Какво ти е?

– Не искам да говоря сега.

(Може и да е по-сложно, но този човек крие нещо и е искрен.)

---

*Сибарит – жител на старогръцката колония Сибарис в Южна Италия; човек, водещ разкошен и разпуснат живот. – Б. пр.

– Хорхе, в първите два примера приятелката ми ще приеме това и ще ме разбере. Но в последния ще ме прати по дяволите.

– Е, може би е време да се запиташ каква приятелка имаш, какво разбира и приема тя, когато лъжеш, и какво осъжда, когато си искрен.

– Винаги ли имаш готов отговор?

– Да! Всички винаги имаме отговор. Макар това понякога да е мълчанието, друг път – объркването, а в някои случаи – и бягството.

– До гуша ми дойде от теб.

– И аз съм си дошъл до гуша.

– Виж, Хорхе. Нека да обобщя.

– Давай.

– Казваш, че не препоръчваш поведение, при което лъжата се смята за нещо лошо. Казваш, че това е решение на всеки човек във всеки един момент.

– И във всяка връзка – добави *Дебелия*.

– И във всяка връзка – повторих аз. – И освен това твърдиш, че да лъжеш – не значи да криеш.

– Не. Твърдя, че да криеш – не значи да лъжеш, което не е едно и също.

– Вярно е. Но казваш също, че искреността е за приятелите, а прямотата – за „избраниците“. Така ли?

– Да. Горе-долу.

– Добре. Тогава това дали ти вярвам, ще зависи винаги от отношението помежду ни. От доверието или от любовта ми.

– Разбира се. От това и от желанието ти.

– Какво желание?

– Да ти разкажа ли една приказка?

В далечна земя живеел един господар феодал, чието могъщество се равнявало само на жестокостта му.

Неговата воля била единственият закон в земите му, а на селяните било забранено да произнасят дори името му. Народът пъшкал под гнета на съдебните пристави, назначени от него, и на бирниците, които му отнемали и малкото парици, събрани от продажбата на реколтата, от виното или от занаятчийството.

Нолав, както се казвал феодалът, имал могъща армия и в нея от време на време се появявали млади офицери, които се опитвали да вдигнат бунт, за да го свалят от власт... Но тиранът потушавал тези опити с огън и меч.

А селският свещеник бил толкова благ, колкото проклет бил феодалът, и отдаден на вярата, той посветил живота си на това да помага на другите и да ги учи на всичко, което знаел.

В дома си бил приютил петнайсет-двайсет ученици, които следвали неговия път и се учели от всяко дело и всяка дума на своя учител.

Един ден, след утринната молитва, той събрал учениците си и им рекъл:

– Чада мои, трябва да помогнем на народа си. Той можеше да се пребори за свободата си, но господарят на тази земя го накара да повярва, че е много могъщ, и мъжете и жените не дръзват да се опълчат срещу него. Страхът от Нолав расте заедно с тях и ако не направим нещо, те ще умрат като роби.

– Каквото речеш, ще бъде сторено – отвърнали те в един глас.

– Дори ако трябва да платите с живота си? – попитал ги той.

– Какво е животът, ако човек, който може да помогне на своя брат, не го стори? – отвърнал един от учениците, който говорел от името на всички.

Настъпил петнайсетият ден от третия месец. Това бил рожденият ден на господаря на двореца и единственият ден в годината, когато феодалът минавал с каретата си през селото. Заобиколен от силен ескорт и облечен в дрехи, везани със злато и скъпоценни камъни, сутринта Нолав тръгнал на обиколка.

Група офицери заставяли всички селяни да се кланят пред господарската карета в знак на почит.

За всеобща изненада, когато каретата минала пред една къща на няколко преки от двореца, един от поданиците останал прав. Стражите тутакси го задържали и го отвели при господаря.

– Не знаеш ли, че трябва да се кланяш?

– Знам, Ваше Височество.

– Но не го направи.

– Не го направих.

– Нали знаеш, че мога да те осъдя на смърт?

– Надявам се, Ваше Височество.

Нолав се изненадал от този отговор, но не се смутил.

– Добре. Щом искаш да умреш по този начин, привечер палачът ще ти отсече главата.

– Благодаря, господарю – рекъл момъкът. И коленичил, усмихнат.

Тогава някой викнал в тълпата:

– Господарю, господарю! Мога ли да кажа нещо?

Диктаторът му наредил да се приближи.

– Казвай!

– Господарю, позволете аз да умра вместо него днес.

– Молиш ме да бъдеш екзекутиран вместо него?

– Да, господарю. Моля ви. Винаги съм ви бил верен. Позволете ми, моля!

Господарят се изненадал и попитал осъдения:

– Роднина ли ти е?

– Никога не съм го виждал. Не му позволявайте да умре вместо мен. Вината е моя и моята глава трябва да падне.

– Не, Ваше Височество, моята.

– Не, моята.

– Моята.

– Тишина! – викнал феодалът. – Мога да доставя удоволствие и на двама ви. И двамата ще бъдете обезглавени.

– Добре, Ваше Височество. Но тъй като осъдихте първо мен, мисля, че имам правото да умра пръв.

– Не, господарю. Това право е мое, защото дори не съм засегнал Ваше Височество.

– Достатъчно. Какво е това? – викнал Нолав. – Млъкнете и ще ви дам правото да бъдете обезглавени едновременно. В тези земи има повече от един палач.

Друг глас се извисил в тълпата:

– Тогава, господарю, и аз искам да ги последвам.

– И аз, господарю.

– И аз.

Феодалът се смаял.

Не разбирал какво става.

А ако имало нещо, което разваляло настроението на диктатора, това било да не разбира какво става.

Петима здрави младежи искали да бъдат обезглавени и това било странно за него.

Той притворил очи, за да се съсредоточи.

След секунди взел решение. Не искал поданиците му да помислят, че ще се поколебае.

Ще бъдат петима палачи!

Но щом отворил очи и погледнал хората, събрали се около него, вече не пет, а повече от десет били гласовете на онези, които искали да бъдат екзекутирани. И още ръце се вдигали.

Това вече било твърде много за господаря феодал.

– Стига! – викнал той. – Всички екзекуции се прекратяват, докато не реша кой ще умре и кога.

И каретата се върнала в двореца сред протестите и молбите на онези, които искали да умрат.

Щом се прибрал, Нолав се затворил в покоите си и се замислил над станалото.

Изведнъж му хрумнало нещо.

Заповядал да извикат свещеника. Той сигурно знаел нещо за тази всеобща лудост.

Отишли бързо да повикат стареца и го отвели при феодала.

– Защо твоите хора се надпреварват да бъдат екзекутирани?

Старецът не отговорил.

– Говори!

Мълчание.

– Заповядвам ти!

Мълчание.

– Не ме предизвиквай. Има начини да те накарам да проговориш!

Мълчание.

Старецът бил отведен в залата за мъчения и подложен с часове на най-ужасните изтезания. Но не проговорил.

Тиранинът пратил стражите си в храма да доведат някои от учениците му.

Когато те дошли, им показал пребития учител и ги попитал:

– Каква е причината, поради която хората искат да бъдат екзекутирани?

Старият свещеник промълвил едва-едва:

– Забранявам ви да говорите!

Господарят на тези земи знаел, че не може да заплаши със смърт никого от хората, които се намирали там. Затуй им рекъл:

– Ще подложа учителя ви на най-ужасните мъчения, които някой може да си представи. И ще ви принудя да присъствате на тях. Ако обичате този човек, кажете ми тайната и след това всички ще се разотидете.

– Добре – отвърнал един от учениците.

– Не говори – рекъл старецът.

– Продължавай! – заповядал Нолав.

– Ако някой бъде екзекутиран днес... – започнал ученикът.

– Замълчи! – повторил старецът. – Ако разкриеш тайната, ще те прокълна...

Господарят махнал с ръка и старецът получил такъв удар, че изгубил съзнание.

– Продължавай! – заповядал той.

– Първият човек, който бъде екзекутиран днес след заник-слънце, ще стане безсмъртен.

– Безсмъртен ли? Лъжеш! – рекъл Нолав.

– Има го в Светото писание – отвърнал момъкът. И като извадил книгата от торбата си, прочел един пасаж, в който това се потвърждавало.

„Безсмъртен!“, помислил си феодалът.

Единственото, от което диктаторът се страхувал, било смъртта, а сега получавал една възможност да я победи. „Безсмъртен“, помислил си той.

Феодалът не се поколебал дори за миг. Поискал хартия и перо и заповядал самият той да бъде екзекутиран.

Изгонили всички от двореца и по залез-слънце Нолав бил екзекутиран според собствената му заповед.

Така народът се освободил от потисника и се надигнал да се бори за свободата си. След няколко месеца всички били свободни.

Никой не споменал повече за феодала, освен в нощта на екзекуцията му, когато учениците, които лекували раните на своя учител, получили благословията му, задето рискували живота си, и поздравленията му за добре свършената работа.

– Защо феодалът повярвал на такава лъжа, Демиан? Защо стигнал дотам, че да заповяда собствената си екзекуция заради някаква история, разказана му от онези, които го мразели? Защо се хванал в клопката на учителя? Отговорът е само един:

ЗАЩОТО ИСКАЛ ДА ВЯРВА В ТОВА.

Искал е да мисли, че е вярно. И това, Демиан, е една от истините, които ни мобилизират по най-невероятния начин, който съм виждал. Ние вярваме в някои лъжи по много причини, но най-вече защото искаме да вярваме в тях.

Онзи ден ме питаше защо се тормозиш заради някого, който ТЕ лъже?

Тормозиш се, защото би искал да вярваш, че това, което ти казва, е истина!

Ето и отговора:

ЧОВЕК ПОПАДА НАЙ-ЛЕСНО
В КАПАНА НА ЛЪЖАТА,
КОГАТО ТЯ ОТГОВАРЯ
НА ЖЕЛАНИЯТА МУ.

СПРАВЕДЛИВИЯТ СЪДИЯ

Както след всеки повратен момент, мислите в главата ми започнаха да се подреждат и да се навързват логично.

Колко пъти в живота си съм се мъчел да разбера невероятната мистерия на вечните купувачи на евтини долари.

И не успях да открия никакво обяснение за безбройните жертви на измами.

Какво ли му минава през главата на човек, който си мисли, че е купил презокеански кораб за няколко монети?

Как човек стига дотам, че да прави сделки с мошеници?

Защо един средно интелигентен човек ще плати за дадена стока някаква смешна цена, за да открие, че тя е само лъскав боклук?

И отговорът най-после се появи: всички измамени са мислели в един момент, че това е изгодно за тях. Повечето са потривали тайно ръце за бъдещата печалба. Мнозина са се радвали, смятайки, че те са умниците, измамили някого...

Дали и аз не правех същото, като налапвах някоя въдица?

Да, разбира се, че го правех.

Точно това правя, когато ме пращат за зелен хайвер.

„Да ме пратят за зелен хайвер" значи просто да се хвана за някое обещание или твърдение, което ми звучи приятно.

„Да ме пратят за зелен хайвер..." Това звучи като въдица.

И как няма да звучи така? Дори самият израз „Да лапнеш въдицата" го потвърждава. Да лапнеш въдица, на която е закачен вкусен червей или още по-лошо – някоя съблазнителна, пъстра, красива муха... от пластмаса!

Пращат ме за зелен хайвер, лапвам въдицата... И какви ли не още сравнения, за да те примамят. Но кои „червеи“ са най-съблазнителни за мен?

Обещанията за вечна любов...

Заблудата за пълно разбиране...

Оценката и признанието на другите...

Желанието да си първият, видял нещо, което никой не е забелязал...

Суетата да си нещо повече от другите...

Погледът, който ме вижда такъв, какъвто аз искам...

Нечия безусловна подкрепа...

И толкова други...

Толкова много!

Осъзнавах, че с времето, с опита и израстването ми се учех да изплювам все по-бързо въдиците, които налапвах... Но какво да правя с раните?

– А раните, Хорхе? – запитах го аз. – Раните? Учиш ме да подминавам мъртвите бозави червеи. Непрекъснато ми сочиш пластмасовите мухички, за да не се нанизвам на въдиците, но струва ми се, не ме учиш как да избегна раните. Изглежда, че в крайна сметка, съдбата на доверчивите като мен е да живеят с белезите от раните, получени от захапаните въдици и от онези, които не можем да преглътнем. Но това, което аз искам, Хорхе, е поне да не се наранявам повече. Отказвам да завися от желанията на другите да ме нараняват или лекуват. Не искам...

– Това е цената, Демиан, това е цената. Помниш ли розата от *Малкият принц?*

– Да... Знам какво искаш да кажеш: „...ако искам да видя пеперуди, трябва да изтърпя две-три гъсеници“...

– Точно така – потвърди *Дебелия*.

Помълчах, мислейки за тази смесица от болка, гняв, примирение и безсилие.

След туй му се оплаках:

– И все още смятам, че лъжецът има доста предимства и плаща много по-ниска цена.

– Понякога да, понякога не – отвърна *Дебелия*. – Но и да лъжеш е рисковано. При всички положения най-лошото е, че лъжата НЕ ВЪРШИ РАБОТА... Рано или късно всяка измама лъсва и всичко, което привидно е постигнато, се стопява като мъглата, когато изгрее слънце... Освен това, понякога в живота става така, че лъжата се обръща срещу измамника.

Дебелия притвори очи и се замисли.

– Откри ли приказката? – досетих се аз.

– Открих я...

Когато Лиендзъ умрял, жена му Зуми, големият му син Линг и двете му малки деца изпаднали в крайна бедност.

Докато главата на семейството бил жив, работел от тъмно до тъмно в оризовите поля на Ченг.

По-голямата част от надницата му изплащали с ориз и той получавал само по някоя и друга монета, които едва стигали за най-належащите нужди на семейството, от които на първо място били парите за учителите и за тетрадките на Линг и братята му.

В деня, когато умрял, Лиендзъ излязъл от дома си, както винаги, по тъмно. По пътя за оризищата той чул виковете за помощ на един старец, който бил повлечен от пълноводната река.

Лиендзъ го познал. Това бил старият Ченг, собственикът на оризовите поля.

Работникът не бил добър плувец, а трябвало да може да плува много добре само за да влезе в реката, камо ли да се опитва да спасява стареца.

Огледал се наоколо, но никой не минавал по пътя по това време... А за да изтича да търси помощ, му трябвал повече от половин час...

Импулсивно Лиендзъ се хвърлил в реката.

Още щом стигнал до стареца, течението понесло и него надолу по реката.

Безжизнените тела на двамата изплували, прегърнати, във вира няколко километра по-надолу...

Може би защото синовете на стареца искали да обвинят по някакъв начин Лиендзъ за смъртта на баща си или защото Линг бил твърде малък да работи, или пък защото, както казвали, нямало толкова работа в оризовите поля, станало така, че синовете на мъртвеца отказали да дадат възможност на Линг да поеме работата на баща си.

Младият Линг настоявал.

Първо им казал, че е на тринайсет години и е достатъчно голям, за да работи. После – че тази работа му е останала в наследство от баща му. След това заговорил, че е способен да работи и е много сръчен. И когато нищо не помогнало, Линг ги помолил да му дадат работа заради затрудненията на семейството му.

Но нищо не могло да ги убеди и младежът бил помолен да напусне оризището.

Линг се възмутил и надигнал глас, искал справедливост за саможертвата на баща си, говорел за експлоатацията, за правата си, молел се за оцеляването си...

Съпротивлявал се, но бил прогонен насила и изхвърлен на прашната улица...

Оттогава семейството не се хранело като хората, издържало се с временната работа, която Линг си намирал, и благодарение на саможертвата на майка му, която перяла и кърпела чужди дрехи.

Както винаги, и този ден Линг си тръгвал от оризовите поля, след като ходил да търси работа, и както обикновено, му казали, че няма работа за него...

Вървял с наведена глава, гледайки в земята и в изтърканите си сандали.

Подритвал камъните по пътя си за утеха в мъката.

Изведнъж ритнал нещо и дочул по-различен звук. Потърсил с поглед какво е подритнал...

Не било камък, а кожена торбичка, стегната с връв и покрита с пръст.

Младежът я подритнал пак с крак.

Не била празна. Като се търкаляла по земята, издавала приятен звук.

Линг продължил дълго да подритва кесията, радвайки се на звука, който издавала...

Накрая я вдигнал и я отворил.

В торбичката имало купчинка сребърни монети. Много монети! Повече, отколкото някога бил виждал...

Преброил ги.

Петнайсет. Петнайсет хубави, новички, лъскави монети.

И били негови.

Намерил ги, захвърлени на земята.

И ги подритвал половин час.

Сам отворил кесията.

Нямало съмнение, че са негови...

Майка му най-сетне щяла да престане да работи, братята му щели да се учат отново и всички можели да ядат каквото си искат... всеки ден.

Изтичал до селото да направи някои покупки...

Върнал се вкъщи, натоварен с храна, с играчки за братчетата си, с топли одеяла и две хубави индийски рокли за майка си.

Станал истински празник... Всички били гладни и никой не попитал откъде е храната, докато не я изяли.

След вечерята Линг раздал подаръците и когато децата се уморили от игрите и отишли да спят, Зуми направила знак на Линг да седне до нея.

Той вече знаел какво иска майка му.

– Да не мислиш, че съм откраднал всичко това – рекъл Линг.

– Никой няма да ти го даде ей така... – отвърнала майка му.

– Не, никой не прави такива подаръци – съгласил се Линг. – Купих го. Аз го купих.

– А откъде взе пари, Линг?

И младежът разказал на майка си как намерил кесията с монетите...

– Линг, синко, но тези пари не са твои – рекла Зуми.

– Как да не са мои? – възразил Линг. – Аз ги намерих.

– Синко, щом ти си ги намерил, значи някой ги е изгубил. И който ги е изгубил, е истинският им собственик – отсъдила майката.

– Не – казал Линг. – Който ги е изгубил, ги е изгубил и който ги е намерил, ги е намерил. Аз ги намерих. И щом са ничии, значи са мои.

– Добре, сине – продължила майката. – Ако са ничии, са твои. Но ако са на някого, трябва да му ги върнеш...

– Не, майко.

– Да, Линг. Спомни си баща си и помисли какво би казал той.

Линг свел глава и кимнал с неохота.

– А какво да правя с парите, които похарчих? – попитал младежът.

– Колко монети похарчи?

– Две.

– Добре, ще видим как ще ги изплатим – рекла Зуми. – А сега върви в селото и попитай хората кой е изгубил кожена кесия. Започни да питаш оттам, където си я намерил.

Отново със сведена глава, Линг излязъл от дома си, оплаквайки участта си.

Като стигнал в селото, отишъл до оризището и запитал управителя дали някой не е изгубил нещо.

Управителят не знаел, но му казал, че ще провери.

След малко големият син на стареца и настоящ господар на оризището дошъл при него.

– Ти ли взе торбата ми с монетите? – запитал го той заплашително.

– Не, господине, намерих я на пътя – отвърнал Линг.

– Дай ми я веднага! – викнал му той.

Младежът извадил кесията от дрехите си и му я дал.

Мъжът я изпразнил в ръката си и започнал да брои...

Момчето веднага рекло:

– Ще видите, че липсват само две монети, господин Ченг. Ще събера парите и ще ви ги върна или ще работя безплатно, за да ги изплатя.

– Тринайсет! Тринайсет! – изръмжал онзи. – Къде са другите?

– Вече ви казах, господине – започнал младежът. – Не знаех, че кесията е ваша. Но ще ви върна парите...

– Крадец! – прекъснал го мъжът. – Крадец! Ще те науча да не посягаш на чуждото. – И излязъл на улицата, крещейки: – Ще те науча аз... Ще те науча...

Младежът си тръгнал. Не знаел кое надделява у него – ядът или отчаянието.

Като се прибрал вкъщи, разказал на Зуми какво се е случило и тя го утешила.

Обещала му, че ще говори с този човек и ще уреди въпроса.

Но въпреки това, на другия ден пристигнал съдебният пристав с призовка за Зуми и Линг за кражба на седемнайсет монети от една кесия.

Седемнайсет!

Пред съдията синът на богатия старец заявил под клетва, че от бюрото му изчезнала една кожена торба.

– Беше в деня, когато Линг дойде да търси работа – казал Ченг. – И на другия ден този малък крадец се появи, твърдейки, че е „намерил“ тази торба, и попита дали някой „не я е изгубил“. Какво нахалство!

– Продължете, господин Ченг – рекъл съдията.

– Аз, разбира се, му казах, че торбата е моя, и когато ми я върна, проверих веднага съдържанието и установих това, което подозирах: липсваха монети. Седемнайсет сребърника!

Съдията изслушал внимателно разказа му, а после отправил поглед към момчето, което, засрамено от положението, не смеело да продума.

– Какво ще кажеш, Линг? Обвинението, което ти отправят, е много тежко – запитал съдията.

– Господин съдия, нищо не съм откраднал. Намерих тази торбичка на пътя. Не знаех, че е на господин Ченг. Вярно е, че я отворих, вярно е и че похарчих част от парите за храна и играчки на братчетата си, но това бяха само две монети, а не седемнайсет – отвърнал младежът, хлипайки. – Как мога да взема седемнайсет монети от кесията, като в нея имаше само петнайсет, когато я намерих? Взех само две монети, господин съдия, само две.

– Да видим – рекъл съдията. – Колко монети имаше в кесията, когато момчето я върна?

– Тринайсет – отвърнал ищецът.

– Тринайсет – потвърдил Линг.

– А колко монети имаше в нея, когато я изгубихте? – попитал пак съдията.

– Трийсет, Ваша чест – отвърнал мъжът.

– Не, не – обадил се Линг. – Имаше само петнайсет монети. Кълна се, кълна се!

– Ще се закълнете ли – рекъл съдията на собственика на оризището, – че в торбата е имало трийсет сребърника, когато е била на писалището ви?

– Разбира се, господин съдия – отвърнал той. – Кълна се!

Зуми вдигнала плахо ръка и съдията ѝ дал знак да говори.

– Господин съдия – рекла тя, – синът ми е още дете и признавам, че в случая е направил не само една грешка. Но има нещо, което мога да кажа със сигурност. Линг не лъже. Щом казва, че е похарчил само две монети, значи е истина. И щом казва, че в кесията е имало само петнайсет монети, когато я е намерил, това трябва да е истината. Може някой да е намерил торбата преди него, господине...

– Стига, госпожо – прекъснал я съдията. – Моя, а не ваша работа е да решавате какво е станало и да въздавате справедливост. Искахте да говорите и ви бе разрешено. Сега седнете и чакайте присъдата ми.

– Точно така, Ваша чест, присъдата. Искаме справедливост – рекъл ищецът.

Съдията дал знак на пристава да удари гонга. Това значело, че съдията ще обяви решението си.

– Ищец и ответници, макар в началото случаят да беше объркан, сега всичко е ясно – започнал съдията. – Нямам причина да се съмнявам в думите на господин Ченг, когато се закле, че е изгубил торба с трийсет сребърника...

Мъжът се усмихнал злорадо, поглеждайки Линг и Зуми.

– Но все пак младият Линг твърди, че е намерил торба с петнайсет монети – продължил съдията, – а нямам причина да се съмнявам и в неговите думи...

В залата царяла тишина и съдията продължил:

– Следователно, за този съд е ясно, че намерената и върната торба НЕ Е торбата, която господин Ченг е изгубил; следователно към семейството на Лиендзъ не може да бъде повдигнато никакво обвинение. Но все пак искът на ищеца ще остане в архива и на него ще трябва да му бъде предадена всяка намерена и върната торба в близките дни, чието съдържание е от трийсет сребърника.

Съдията се усмихнал, срещайки благодарния поглед на Линг.

– А що се отнася до тази кесия, младежо...

– Да, Ваша чест – изрекъл едва-едва Линг. – Съзнавам своята отговорност и съм готов да платя за грешката си.

– Замълчи! Та що се отнася до кесията с петнайсетте монети, трябва да вземем предвид, че никой не я е потърсил още, и при тези обстоятелства – рекъл той, поглеждайки косо господин Ченг – смятам, че е малко възможно някой да я потърси. Следователно отсъждам, че торбата може да бъде обявена за собственост на този, който я е намерил. И понеже това си ти, тя е твоя!

– Но, Ваша чест... – понечил да каже нещо Ченг.

– Ваша чест... – опитал се да каже Линг.

– Господин съдия... – искала да каже Зуми.

– Тишина! – викнал съдията. – Делото приключи! Вървете си...

Съдията станал и напуснал бързо залата, а приставът ударил отново гонга...

МАГАЗИНЪТ НА ИСТИНАТА

– Кажи ми нещо, Хорхе. Почти всички си мислят, че всеки човек има нужда от терапия. Знам, че ти не си на това мнение, и ми се струва, че дори не смяташ безразборната терапия за нужна. Но сега се питам дали всеки може да има полза, ако премине един терапевтичен курс.

– Да.

– Всеки ли?

– Ще го кажа така: на всеки, който иска, може да му е от полза.

– Но защо някой би могъл да не иска да има полза?

– Антъни де Мело* има една чудесна притча, която май ще ни помогне в случая...

Един човек се разхождал по уличките на провинциален град. Разполагал с време и затова спирал за малко пред всяка витрина, пред всеки магазин, на всеки площад. Като завил на един ъгъл, изведнъж се озовал пред скромно магазинче, под чиято тента не било изложено нищо. Заинтригуван, той отишъл до прозорците и доближил лице до стъклото, за да надникне в тъмната витрина... Вътре съзрял само един пюпитър, на който имало малка табела, писана на ръка, която гласяла:

МАГАЗИН НА ИСТИНАТА

---

*Йезуитски свещеник и психотерапевт (1931–1987 г.). – Б. пр.

Мъжът се изненадал. Помислил си, че това е някакъв трик, но не могъл да си представи какво се продава там.

Влязъл.

Приближил се до госпожицата на първия щанд и попитал:

– Извинете, това магазинът на истината ли е?

– Да, господине. Какъв вид истина търсите? Частична истина, относителна, статистическа или пълната истина?

Значи тук продават истина. Никога не му било хрумвало, че това е възможно. Да отидеш някъде и да получиш истината било прекрасно.

– Пълната истина – отвърнал мъжът, без да се колебае.

„Толкова съм уморен от лъжите и фалша – помислил си той. – Не искам повече общи приказки и оправдания, лъжи и измами".

– Пълната истина! – повторил той.

– Добре, господине, последвайте ме.

Госпожицата повела клиента към друг сектор и като му посочила един продавач с мрачно лице, му рекла:

– Господинът ще ви обслужи.

Продавачът се приближил, очаквайки мъжът да му каже какво иска.

– Искам да купя пълната истина.

– Аха. Извинете, господине, но знаете ли каква е цената ѝ?

– Не. Каква е? – отвърнал той по навик. Но всъщност знаел, че е готов да плати всякаква цена за истината.

– Цената е – рекъл продавачът, – че **ако си тръгнете с истината, никога повече няма да намерите покой.**

Тръпки побили по гърба на мъжа. Не бил и помислял, че цената е толкова висока.

– Бла... благодаря... Извинете... – измърморил той.

Обърнал се и излязъл от магазина с наведена глава.

Почувствал се малко тъжен, като разбрал, че още не е готов за абсолютната истина, че все още има нужда от някакви лъжи за утеха, от някои митове и блянове, в които да намира покой, от някои оправдания, за да не се изправи лице в лице със самия себе си...

„Може би по-късно“, помислил си.

– Невинаги това, което е полезно за мен, е такова и за другия, Демиан. Човек може просто да сметне – и така трябва да бъде, – че цената на нещо полезно е твърде висока за него. Редно е всеки сам да решава каква цена иска да плати за това, което получава, и е логично всеки сам да избира момента, в който да получи онова, което светът му предлага, било то истината или каквато и да е друга „полза“.

Не знаех какво да кажа.

И *Дебелия* добави:

– Има една стара арабска поговорка, която гласи:

ЗА ДА РАЗТОВАРИШ ХАЛВАТА,
НАЙ-ВАЖНО Е ДА ИМАШ СЪДОВЕ,
В КОИТО ДА Я СЛОЖИШ.

...с мъдростта и с истината
е също като с халвата...

ВЪПРОСИ

Сеансът започна зле, по онзи гаден начин, както когато идвах в кабинета, без да знам за какво искам да говоря, и мълчах. Или знаех за какво искам да говоря, но не го правех. Или си давах сметка, че би било по-добре да не идвам, но вече бях там. Или когато и *Дебелия* нямаше желание да говори и не ми помагаше. Или му се искаше да помогне, но мълчеше...

Това бяха мълчаливите сеанси.

Напрегнати сеанси.

Досадни сеанси.

– Вчера написах нещо – казах най-сетне на *Дебелия*.

– Така ли?...

„Кратък отговор", помислих си.

– Да – отвърнах още по-кратко.

– И какво?... – запита той.

„Пак ще ме ядоса", помислих си.

– Казва се *Въпроси*, но не са въпроси.

– И какво ще правиш с твоите въпроси, които не са въпроси?

– Иска ми се да ти ги прочета. Не съм ги погледнал, откакто ги написах снощи. И знам, че не търся отговорите, така че няма нужда да ми отговаряш. Искам само да ги чуеш. Искам да кажа, че са само идеи, не са въпроси.

– Разбирам... – отвърна *Дебелия*. И се приготви да слуша.

Трудно, нали?

Почти невъзможно?

Или може би... съвсем невъзможно?

Как да живееш, когато си различен?

Има ли смисъл от това терзание?

А можеш ли да живееш по друг начин, когато разбираш нещата или поне са ти ясни?

Иначе защо да работя над себе си?

Защо да ходя на терапия?

Каква е ролята на един терапевт? Да мъти главите на хората, които сигурно ще го разберат, защото страдат?

И каква е моята роля в това лутане?

Нима не заменям едно страдание с друго, в което нямам дори утехата, че мога да го споделя с повече хора?

Какво е психотерапията? Огромна машина за разочарованията на „избраниците“?

Нещо като секта на садисти, измислящи ексцентрични начини за мъчение, изтънчени и уникални?

Нима не е по-добре да изстрадаш нещо реално, отколкото да се радваш на един измислен, безметежен свят?

Има ли смисъл да съзнаваш напълно самотата и житейския компромис със самия себе си?

Каква е ползата, моля, каква е ползата да не очакваш нищо от никого?

Ако материалният свят е гаден, ако реалните хора са отрепки, ако истинските случки в живота ни са кошмари, нима да оздравееш значи да потънеш в лайната и да заплуваш в човешката мръсотия?

Не са ли прави религиите, които в замяна на непостижимото тук предлагат утеха в отвъдното?

Не са ли прави и като оставят всичко в ръцете на всемогъщия Бог, който ще се погрижи за нас, ако се държим добре?

И не е ли много по-лесно да се държа добре, отколкото да съм самият аз?

Не е ли много по-просто и полезно да приемеш идеята за доброто и злото, която всички смятат за вярна?

Или поне да си като всички, които живеят така, сякаш вярват напълно в нея?

Не са ли прави магьосниците, маговете, лечителите и чудотворците, като искат да ни изцерят с магията на вярата ни?

Не са ли прави онези, които залагат на безкрайната способност на ума ни да контролира всяко събитие и ситуация?

Не е ли вярно, че всъщност всичко е вътре в мен и че животът ми е само малък кошмар от вещи, хора и случки, създадени от въображението ми?

Кой може да повярва, че това, което става, е единствената възможност?

И ако е така, каква полза има да знаеш повече за тази възможност?

Нима някой е длъжен да ме разбира?

Нима е длъжен да ме приема?

Нима е длъжен да ме слуша?

Нима е длъжен да ме харесва?

Нима е длъжен да не ме лъже?

Нима е длъжен да се съобразява с мен?

Нима е длъжен да ме обича, както аз бих искал?

Нима е длъжен да ме обича колкото аз бих искал?

Нима някой е длъжен да ме обича?

Нима е длъжен да ме уважава?

Нима някой е длъжен да знае, че съществувам?

А ако никой не знае, че съществувам, защо живея?

И ако животът ми няма смисъл без човека до мен, как да не пожертвам всичко, да, ВСИЧКО, за да стигна до този смисъл?

...И ако пътят от раждането до ковчега е самотата, защо да се залъгваме и преструваме, че можем да намерим приятел?

Дебелия се прокашля...

– Ама че нощ е била снощи, а?

– Да... – отвърнах. – Черна, много черна.

Моят терапевт протегна ръце и ме подкани да седна в скута му.

Направих го, а Хорхе ме прегърна, както се прегръща дете, предполагам...

И аз усетих топлината и любовта на *Дебелия* и останах така до края на сеанса, стихнал, замислен...

СТАРЕЦЪТ, КОЙТО САДЕШЕ ФУРМИ

– Виж, струва ми се, че всичко, на което ме учиш, е много вярно, и разбира се, с радост бих приел, че може да се живее така... Но всъщност смятам, че твоят модел на живот е само за една красива теоретична постановка, непостижима в ежедневието.

– Не мисля...

– Разбира се! Не мислиш, защото на теб сигурно ти е по-лесно, отколкото на другите. Изградил си свой начин на живот и сега всичко е по-просто. Но аз, както и повечето хора, живея в един нормален, обикновен свят. И ние никога няма да можем да постигнем всичко, което е необходимо, за да му се радваме.

– Всъщност, Демиан, и аз принадлежа на същия този реален свят, от който си и ти. Живея като всички в света на ежедневието и съжителствам със същите нормални и обикновени хора, които познаваш и ти... Съгласен съм, че живея малко по-добре от повечето хора, които познавам, но искам да проумееш две неща: първото е, че цената не беше никак малка. Изграждането на този „начин на живот“, както ти го наричаш, ми костваше много усилия и всеотдайност, много болка и най-вече – много загуби. А второто е, че това е процес. Искам да кажа, че ми трябваше доста време, за да променя онова, което трябваше да се промени, да не позволя да се разруши онова, което трябваше да се опази, и да измина пътя, който бях избрал. Това не стана от само себе си, нито от днес за утре...

– Предполагам. Но поне си знаел, че в края на пътя те чака наградата, на която се радваш днес.

– Не е така. И това е още един от предразсъдъците, върху които градиш тезата си. Никога не съм имал гаранции за каквато и да било награда. По-скоро бих казал, че целият път, изминат от мен дотук, е само един залог за резултат, който всъщност още не съм постигнал.

– Как така не си постигнал?

– Чака ме още много работа, Демиан. Нещо повече, макар да смятам, че животът ми ще е доста дълъг, не мисля, че някога ще мога да се насладя на абсолютната пълнота. Да се насладя на факта, че не очаквам нищо повече, на умствената нагласа за пълното приемане на нещата...

– Нима искаш да кажеш, че си правиш целия този труд, макар да смяташ, че той никога няма да ти донесе пълно удовлетворение?

– Да.

– Ти си луд.

– Така е. Но за твое щастие съм луд, който разказва приказки, и вече съм готов да ти разкажа една.

Старият Елиаху бил коленичил край финиковите палми в един оазис, скътан в най-отдалечените краища на пустинята.

До оазиса се приближил да напои камилите си неговият съсед Хаким – заможен търговец, и видял как Елиаху, плувнал в пот, като че копае в пясъка.

– Как е, старче? Мир на душата ти.

– И на твоята – отвърнал Елиаху и продължил да копае.

– Какво правиш тук в тая жега с лопата в ръце?

– Садя – отвърнал старецът.

– Какво садиш, Елиаху?

– Фурми – рекъл той и посочил палмовата горичка край него.

– Фурми! – повторил съседът му. И притворил очи като човек, който приема най-голямата глупост на света с разбиране. – Мозъкът ти е заврял от жегата, скъпи друже. Ела, остави това и да идем да пийнем нещо в палатката.

– Не, трябва да довърша саденето. После, ако искаш, ще пийнем...

– Кажи ми, старче, на колко си години?

– Не знам... На шейсет, на седемдесет, осемдесет... Не знам... забравил съм. Но какво значение има?

– Виж, друже. На фурмите им трябват повече от петдесет години да израстат и чак когато станат големи палми, могат да дадат плод. Знаеш, че не ти желая злото. Дано живееш сто години, но нали разбираш, че трудно ще дочакаш реколта от нещо, което садиш сега. Остави всичко и ела с мен.

– Слушай, Хаким. **Аз ядох фурмите, посадени от другиго**, който също не е смятал, че ще яде от тях. Садя днес, за да могат утре други да ядат фурмите, които съм посадил... И дори това да е само в чест на онзи непознат мъж, си струва да си свърша работата.

– Добър урок ми даде, Елиаху. Нека ти се отплатя с торбичка монети за поуката, която ми даде днес. – И като казал това, Хаким пуснал в ръката на стареца една кожена торбичка.

– Благодаря ти за монетите, приятелю. Виждаш ли какво става понякога: предсказваше ми, че няма да дочакам реколтата от това, което садя. И като че имаше право, ала виж, още не съм свършил със саденето – и вече спечелих торба монети и признателността на един приятел.

– Мъдростта ти ме изумява, старче. Това е вторият голям урок, който ми даваш днес, и той може би е по-ценен от първия. Позволи ми да ти се отплатя и за него с още една торбичка с монети.

– А понякога става така – продължил старецът. И протегнал ръка, гледайки двете торбички с монети. – **Садих и не чаках реколта, но още преди да съм свършил, спечелих не една, а две награди**.

– Стига толкоз, старче. Стига си говорил. Боя се, че ако продължиш да ме поучаваш, цялото състояние няма да ми стигне, за да ти се отплатя...

– Разбираш ли, Демиан? – запита ме *Дебелия*.

– Нещо повече. Проумявам! – отвърнах аз...

САМООТРИЧАНЕ

...Онзиден, когато сеансът свърши, *Дебелия* ми даде един затворен плик, на който пишеше: „За Демиан“.

– Какво е това? – запитах го.

– За теб е. Написах го преди много месеци.

– Преди много месеци ли?

– Да. В интерес на истината, хрумна ми няколко седмици след като започна да идваш на терапия. Четях една поема, написана от американеца Лео Бут. Текстът на Бут започваше с първия пасаж от това, което ще прочетеш сега... И докато четях, пред очите ми изплува твоят образ и думите ти от първите сеанси прозвучаха в ушите ми... Така че седнах и написах това за теб.

– И защо ми го даваш точно сега?

– Защото мисля, че по-рано не би го разбрал.

Започнах да чета...

САМООТРИЧАНЕ

Бях там от първия миг,
в адреналина,
който кръжеше във вените на родителите ти,
когато се любеха и те зачеваха,
а после във флуида,
с който майка ти бомбардираше малкото
ти сърчице,
когато беше едно паразитче.

Стигнах до теб още преди да проговориш,
преди дори да започнеш да разбираш
какво ти казват другите.
Бях вече с теб, когато се мъчеше като пате
да правиш първите крачки
пред веселите, насмешливи погледи на всички.
Когато беше беззащитен, в опасност,
когато беше уязвим и имаше нужда.

Появих се в живота ти,
ръка за ръка с вълшебната мисъл;
редом...
със суеверията и клетвите,
с фетишите и амулетите...
с добрите обноски, навиците и традициите...
с твоите учители, братя и приятели...

Преди още да знаеш, че ме има,
разделих душата ти за света на светлината и
за този на мрака.
Единият – на доброто, а другият – на това,
което не е добро.

Донесох ти чувството за срам,
посочих ти всички твои недъзи,
грозното,
глупавото,
неприятното.
И когато ти прошепнах за пръв път,
че нещо в теб не е наред,
ти закачих етикета на „различен“.

Има ме още преди съвестта,
преди вината
и морала,

от дълбините на времето,
откак Адам се засрами от тялото си,
като видя, че е голо...
и се покри!

Аз съм нечаканият,
нежеланият гост,
но съм и този,
който идва пръв и си тръгва последен.
С времето набрах сили,
слушайки съветите на близките ти
как се успява в живота.

Следвах догмите на твоята вяра,
които ти казват какво трябва и
не трябва да правиш,
за да те приемат в лоното Божие.
Изстрадах жестокия присмех
на другарите ти в училище,
които се подиграваха с теб в трудни моменти.
Понасях униженията от шефовете ти.
Гледах грозния ти образ в огледалото
и после го сравнявах с лицата на „известните“,
онези по телевизията.

И сега, най-сетне,
от позицията на силата
и просто защото
си жена,
негър,
евреин,
хомосексуалист,
ориенталец,
защото си некадърен,
висок, нисичък или дебел...

мога да те превърна
в купчина смет,
в шлака,
в жертвен козел,
във виновник за всички беди,
в проклето,
мръсно
копеле.

Цели поколения мъже и жени
ме подкрепят.
Не можеш да избягаш от мен.

Болката, която ти причинявам, е нетърпима
и за да я понесеш,
трябва да ме предадеш на децата си,
а те – на своите,
во веки веков.

За да помогна на теб и на потомството ти,
ще сложа маската на перфекционизма,
на високите идеали,
на самокритиката,
на патриотизма,
на морала,
на добрите обноски
и самоконтрола.

Болката, която ти причинявам,
е толкова силна,
че ще искаш да се отречеш от мен
и затова
ще се мъчиш да ме скриеш
зад измислени образи,
зад дрогата,

зад борбата за пари,
зад неврозите ти,
зад обърканата ти сексуалност.
Но каквото и да правиш,
където и да идеш,
аз ще съм с теб,
винаги с теб.
Защото пътувам с теб
и денем, и нощем,
без отдих,
без граници.

Аз съм причина за всяка зависимост
и за чувство за собственост,
за усилията
и за липсата на морал,
за страха,
за насилието,
за престъпленията
и за лудостта.

Научих те да се страхуваш да не бъдеш
отхвърлен
и обрекох живота ти на този страх.
От мен зависи да продължиш да бъдеш
този търсен, желан,
харесван, учтив и приятен човек,
който си днес за другите.
От мен зависи,
защото аз съм сандъкът, в който скри
най-отвратителните,
смехотворни и
нежелани за теб неща.

Благодарение на мен
свикна да се примиряваш
с всичко, което животът ти поднася,
защото в крайна сметка
всичко, което преживяваш, е повече
от онова, което смяташ, че заслужаваш.

Досети се, нали?

Аз съм чувството, което те кара да се
отричаш от себе си.

АЗ СЪМ... ЧУВСТВОТО, КОЕТО ТЕ КАРА
ДА СЕ ОТРИЧАШ ОТ СЕБЕ СИ.

Спомни си нашата история...

Всичко започна в онзи сив ден,
когато ти престана да казваш гордо:
АЗ СЪМ!
Когато, засрамен и уплашен,
сведе глава
и замени думите и делата си
с една мисъл:
ЩЕ ТРЯБВА ДА БЪДА...

– Вярно е – съгласих се аз. – По-рано нямаше да го разбера.

– ...И освен това, Демиан, давам ти го сега, защото не искам пътят ти през този кабинет да завърши, без да си го получил.

– Гониш ли ме? – запитах, както обикновено.

За пръв път, откакто познавах Хорхе, го видях да се колебае.

– Мисля, че да... – прошепна той.

Дебелия ми намигна, усмихна се и ме докосна по бузата...

– Много те обичам, Демиан...

– И аз те обичам много, Хорхе...

И без да продумам повече, станах.

Приближих се до Хорхе, целунах го и дълго го прегръщах...

После излязох на улицата...

Не знам защо, но чувствах, че **животът ми** започваше в този следобед...

ЕПИЛОГ

Е... Това е всичко.

През последните месеци се опитах да споделя с теб някои приказки, които обикновено разказвам на хората, които обичам.

Приказки, които помагат и на мен да осветя някои тъмни моменти по собствения си път.

Приказки, които ме сближиха с хора, на чиято мъдрост се възхищавах и продължавам да се възхищавам.

И накрая приказки, които харесвам, които ме радват и които обичам все повече.

Всяка книга с приказки завършва, разбира се, с приказка. Тази се казва *Историята на скрития диамант* и е написана въз основа на един разказ на И. Л. Перец*.

В далечна страна живеел един селянин.

Имал си парче земя, на която сеел зърно, и малка градинка, където жена му понякога садяла и отглеждала зеленчуци, да си помагат в недоимъка.

Един ден, както обработвал земята, впрегнат в примитивното рало, той съзрял нещо, което блестяло силно сред буците плодородна земя. Невярващ на очите си, се приближил и го вдигнал. Било нещо като голямо стъкло. Изненадан от ослепителния му блясък под слънчевите лъчи, селя-

---

*Ицхок Лейбуш Перец (1852–1915 г.) – известен еврейски писател и драматург, живял в Полша, един от родоначалниците на еврейската литература на идиш. – Б. пр.

нинът разбрал, че това е скъпоценен камък, и то сигурно много скъп.

За миг в главата му се завъртяло всичко, което можел да направи, ако продаде брилянта, но веднага си помислил, че този камък е дар от небето и трябва да го пази и да го използва само в краен случай.

Селянинът си свършил работата, взел диаманта и се прибрал у дома.

Дострашало го да го скрие вкъщи, затова, като се смрачило, отишъл в градината, изкопал дупка в земята сред доматите и заровил там диаманта. За да не забрави къде е заровен, сложил на мястото един жълтеникав камък, който намерил наблизо.

На другата сутрин селянинът повикал жена си, показал ѝ камъка и я помолил за нищо на света да не го мести от мястото му. Жена му го попитала защо този странен камък трябва да остане в доматите ѝ. Селянинът не посмял да ѝ каже истината от страх да не я тревожи, затуй ѝ рекъл:

– Това е много специален камък. Докато този камък стои тук, сред доматите, ще имаме късмет.

Жената не казала нищо за внезапната страст на мъжа си към суеверията и намерила начин да се справи с градинката с доматите.

Те имали две деца – момченце и момиченце. Веднъж момиченцето, което било на десет години, запитало майка си за камъка в градината.

– Той носи късмет – рекла майката. И момиченцето повярвало.

Една сутрин, като тръгвало за училище, то отишло при доматите и докоснало жълтеникавия камък (същия ден имало много труден изпит).

По една случайност – или защото момиченцето отишло по-уверено в училище – станало така, че получило много добра оценка на изпита и се убедило в „силата“ на камъка.

Следобед, когато се върнало вкъщи, момиченцето донесло едно малко камъче и го сложило до големия.

– Защо го правиш? – попитала майката.

– Щом един камък носи късмет, то два ще ни донесат още повече – рекло момиченцето съвсем логично.

И от този ден винаги, когато намирало такъв камък, го носело при другите.

И като на шега, от съпричастност или за да подкрепи дъщеря си, след известно време и майката започнала да трупа камъни до тези на момиченцето.

А момченцето растяло с мита за камъните, който ги съпътствал в живота. И от малко се научило да трупа жълти камъни.

Един ден донесло някакъв зеленикав камък и го оставило при другите...

– Защо правиш това, моето момче? – укорила го майката.

– Помислих, че със зеления купчината може да стане по-хубава – отвърнало момчето.

– В никакъв случай, синко. Махни този камък оттам.

– Но защо да не го оставя при другите? – запитало момчето, което било малко непослушно.

– Защото... Ами... – запънала се майката (тя не знаела защо само жълтите камъни носят късмет; помнела само думите на мъжа си, който ѝ казал, че „такъв камък сред доматите носи късмет“).

– Защо, мамо? Защо?

– Защото... жълтите камъни носят късмет само ако няма други наоколо – излъгала майката.

– Не може да бъде – усъмнило се детето. – Защо да не носят пак късмет, ако има и други?

– Защото... ами... ами... защото камъните на късмета са много ревниви.

– Ревниви ли? – повторило момчето и се засмяло. – Ревниви камъни? Това е смешно!

– Виж какво, не знам нито защо трябва, нито защо не трябва. Ако искаш да разбереш, питай баща си – рекла майката. И отишла да си гледа работата, но преди това махнала последния зеленикав камък, донесен от момчето.

Същата вечер синът чакал до късно баща си да се върне от полето.

– Татко, защо жълтите камъни носят късмет? – попитал той още щом баща му се прибрал. – И защо зелените не носят късмет? И защо жълтите носят по-малко късмет, ако до тях има зелен камък? И защо трябва да са сред доматите?

...И щял да продължи да пита, преди да чуе отговора, ако баща му не вдигнал ръка да млъкне.

– Утре, синко, ще идем заедно в полето и ще ти отговоря на всички въпроси.

– А защо чак утре...? – понечило да продължи момчето.

– Утре, сине, утре – прекъснал го бащата.

Рано-рано на другата сутрин, докато всички вкъщи спели, бащата отишъл при момчето, събудил го нежно, помогнал му да се облече и го повел към полето.

– Слушай, сине. Досега не ти казах нищо, защото смятах, че не си готов да узнаеш истината.

Но днес мисля, че вече си пораснал, станал си малък мъж и можеш да разбереш някои неща и да запазиш тайната, докато е нужно.

– Каква тайна, тате?

– Ще ти кажа. Всички тези камъни са сред доматите, за да сочат едно място в градината. Под всички тях е заровен ценен диамант, семейното съкровище. Не исках другите да знаят, защото смятах, че няма да ме оставят на мира. Споделям днес това с теб и отсега нататък ти ще пазиш семейната тайна... Един ден и ти ще имаш деца и тогава ще разбереш, че едно от тях трябва да узнае тази тайна. Ще отведеш сина си далеч от дома и ще му кажеш истината за заровения диамант, както аз ти я казвам днес.

Бащата целунал сина си по бузата и продължил:

– Да опазиш една тайна значи също да разбереш кога е дошло време и кой е човекът, достоен да я узнае. Докато не настъпи денят да избираш, трябва да оставиш другите от семейството – всички други, да си мислят каквото си искат за жълтите камъни, за зелените или за сините.

– Разчитай на мен, татко – рекло момчето и се изпъчило, за да изглежда по-голямо.

...Минали години. Старият селянин умрял и момчето станало мъж. То също имало деца и от тях само едно узнало, когато дошло време, тайната за брилянта. Всички други вярвали в късмета, който носели жълтите камъни.

Година след година, поколение след поколение, членовете на семейството трупали камъни в градината на дома си. И там се издигнала цяла планина от жълти камъни, която семейството тачело така, сякаш това бил голям и всесилен талисман.

Само по един мъж или една жена от всяко поколение узнавали истината за диаманта. Всички останали почитали камъните...

Докато един ден, незнайно защо, тайната се забравила.

Може би защото някой баща умрял внезапно. Или защото някой от синовете не повярвал в това, което му казали. Истината е, че от този момент едни продължили да вярват в силата на камъните, а други – да се съмняват в тази стара традиция. Но така и никой не си спомнял вече за заровения диамант...

Приказките, които прочете тук,
са само няколко камъка.
Зелени камъни,
жълти и
розови камъни.

Тези приказки
са писани просто да посочат
точното място и пътя.

Но за да изрови
скрития дълбоко
във всеки разказ диамант...
...човек трябва сам да се потруди.

ИЗТОЧНИЦИ

Самоотричане: въз основа на стихотворение на *L. Booth*, цитирано от *J. Bradshaw*.

В търсене на Буда: свободна версия на приказка на *M. Menapace*, *Cuentos rodados*, изд. *Patria Grande*.

Дърводелска работилница „Седмият“: обработка на *M. Menapace*, *Entre el brocal y la fragua*, изд. *Patria Grande*.

Две приказки за Диоген: взети от две гръцки народни приказки от *Mitos y leyendas*, изд. *Helénica*.

С два номера по-малки: измислена от автора.

Кентавърът: от детска приказка на една аржентинска авторка, версия на автора.

Кръгът на деветдесет и деветте: по идея на *Osho* от *Los tres tesoros*, изд. *Kier*.

Да прекосиш реката: от една дзен приказка на *S. Sumish*, *El Koan*, изд. *Visión*.

Детекторът на лъжата: от книгата *Cuentos para pensar* на *J. Bucay*, изд. *Aquí y ahora*, издание от 1978 г.

Диамантът в зеленчуковата градина: въз основа на приказка от еврейския Талмуд, цитирана от равина М. Едери.

Окованият слон: измислена от автора.

Котката на ашрама: от *Osho*, *El fuego sagrado*, изд. *Humanitas*.

Упоритият дървар: от *A. Beuregard*, *Cápsulas motivacionales*, изд. *Diana*.

Мъжът, който се мислел за мъртъв: от руска народна приказка, версия на автора.

Справедливият съдия: от *Moss Roberts*, *Cuentos fantásticos de China*, изд. *Crítica*.

Лабиринтът: от книгата *Cuentos para pensar* на *J. Bucay*, изд. *Aquí y ahora*, издание от 1978 г.

Тухлата бумеранг: измислена от автора.

Старецът, който садеше фурми: от сефарадска приказка от *Leo Rothen's Jewish Treasury*, изд. *Bantam Books*.

Портиерът на публичния дом: от стара приказка от еврейския Талмуд, разказана от *M. Buber*.

Часовникът, който е спрял на седем часà: въз основа на приказка на *G. Papini* от *El piloto ciego*, изд. *Hispanoamérica*.

Царят, който страдал от циклотимия: тибетска народна приказка, *K. Moghama*, *Cuentos y leyendas del Tíbet*, изд. *Oriente*.

Царят, който обичал ласкателствата: от един разказ суфи от *Y. Selman*, *El increíble Goha*, версия на автора.

Сънят на роба: от тема на Сократ, цитирана от *L. Klicksberg*.

Закопаното съкровище: история от еврейския Талмуд на *M. Buber*, *Leket*, на *M. Buber*, изд. *Hemed*.

Истинската стойност на пръстена: от една сефарадска приказка, разказана в тесен кръг.

Под общ знаменател: измислена от автора.

Екзекуцията: от една притча суфи от *I. Shah*, *Pensadores de Oriente*, изд. *Kier*.

Жената на слепеца: от сенегалска народна приказка, версия на автора.

Глухата съпруга: народен хумор, разказан от *J. Marrone*, версия на автора.

Кокошката и патенцата: от *R. Trossero*, *La sabiduría del caminante*, изд. *Bonum*.

Погледът на влюбения: от френска народна приказка, версия на автора.

Бременната тенджера: свободна версия на разказ на *A. H. Halka*, *Nasrudín*.

Гърдата или млякото: идея, взета от народна песен, версия на автора.

Магазинът на истината: въз основа на разказ на *A. de Mello*, *El canto del pájaro*, изд. *Lumen*.

Крилете са, за да летиш: от книгата *Cuentos para pensar* на *J. Bucay*, изд. *Aquí y ahora*, издание от 1978 г.

Жабки в каймака: от *M. Menapace*, *Cuentos rodados*, изд. *Patria Grande*.

Лещата: адаптирано по един цитат на *A. de Mello* в *El canto del pájaro*, изд. *Lumen*.

Десетте Божи заповеди: от една християнска приказка, използвана от *F. Jalics*, версия на автора.

Филизите на омбуто: въз основа на разказ от *R. Trossero* в *La sabiduría del caminante*, изд. *Bonum*.

Не смесвай нещата!: от индуска приказка, използвана от *I. Shah* в *La sabiduría de los idiotas*, версия на автора.

Отново за парите: свободна версия на една еврейска приказка, прочетена в *Leo Rothen's Jewish Treasury*, изд. *Bantam Books*.

Горките овце: история от аржентинския фолклор, версия на автора.

Заради една делва с вино: променена версия на разказ на *Don Juan Manuel*, *Conde Lucanor*, изд. *Hispanoamérica*.

Чувство за собственост: измислена от автора.

Въпроси: измислена от автора.

Каква е тази терапия?: измислена от автора.

Кой си ти?: от една преработена приказка на *G. Papini*, *Lo trágico cotidiano*, изд. *Hispanoamérica*.

Дарове за махараджата: от приказка, взета от *I. Shah*, *Lo que un pájaro debería parecer*, изд. *Octógono*.

Сами и заедно: взета от *A. Beuregard*, *Cápsulas motivacionales*, изд. *Diana*.

Певчески конкурс: взета от *A. Yunque*, *Los animales hablan*, *Ediciones Pedagógicas*.

Аз съм Питър: въз основа на приказка от *Anthony de Mello*.

ДОПЪЛНИТЕЛНА БИБЛИОГРАФИЯ

AL-QALYOUBI, Ahmad, *Lo fantástico y lo cotidiano*, Visión Libros.

BETTELHEIM, Bruno, *Psicoanálisis de los cuentos de hadas*, Crítica.

CATTAN, Henry, *The Garden of Joys*, Namara Publications.

FERNANDEZ, Mario R., *Cuentos americanos*, Editorial Universitaria.

GARDENER, Martín, *Paradojas*.

GIBRAN, Khalil, *El profeta*, Galerna.

GOUGAUD, Henri, *El árbol de los soles*, Crítica.

HALEY, Jay, *Terapia no convencional*, Amorrortu.

KHAYYAM, Omar, *Rubaiyat*, Andrómeda.

LA FONTAINE, *Fábulas*, Iridium.

PINO SAAVEDRA, Yolando, *Cuentos mapuches de Chile*, Editorial Universitaria.

REINHARD y TAUSH, A. M., *Psicoterapia por la conversación*, Herder.

WATZLAWICK, Paul, *El lenguaje del cambio*, Herder.

Читателите, които се интересуват, ще намерят
информация за курсовете и беседите
на Хорхе Букай в:

www.bucay.com

Хорхе Букай

Нека ти разкажа...

Отговорен редактор
Вера Янчелова

Редактор
Валя Груева

Компютърна обработка
Костадин Чаушев

Коректор
Недялка Георгиева

Аржентинска, първо издание
Формат 84 / 108 / 32
Печатни коли 15

ИЗДАТЕЛСКА КЪЩА „ХЕРМЕС“
Пловдив 4000, ул. „Богомил“ № 59
Тел. (032) 608 100, 630 630
E-mail: info@hermesbooks.com
www.hermesbooks.com

Печатница „Полиграфюг“ АД – Хасково